太一～UFOに乗った少年

宝生　明

風雲舎

太一～ＵＦＯに乗った少年――《目次》

カバーイラスト――なかひら まい
カバー装幀――谷内田哲夫

第一章　シュモクザメ

1

江ノ島から浜辺を西に向かって歩いていくと、雄大な富士山とともにイルカの背びれのような形の姥島《うばしま》が見える。島と名付けられてはいるが、その大きさは潮の干満にもより変化し、おおむね数十メートル四方であり、正確には岩礁と呼ぶべき大きさだ。そこにあるもっとも大きな岩は昔、平安から江戸時代まで礼服着装の際にかぶられていた烏帽子に似ているので、烏帽《えぼ》子岩《しいわ》とも呼ばれている。

烏帽子岩に一番近い茅ヶ崎の浜辺には、岩が積まれた人工の小さな岬があり、砂浜の浸食を止めている。人工的に作られたその突起は、正式名称「茅ヶ崎ヘッドランド」、サーファーたちには通称Tバーと呼ばれ親しまれている。海に向かって突き出したTバーは、その名のとおり左右に張りだし、シュモクザメの頭のような形をしている。太一とマスオは、砂浜に自転車を停め、組まれた岩の上を歩き、一緒にシュモクザメの右目にあたる場所から夕焼けを見るのが日課だ。サメの背には波にさらわれると危険であるとの警告文が掲げられているが、ふたりはそんなのおかまいなし。まだ寒い日もある四月だが、テトラポッドに砕ける波しぶきをかぶりながら西の空を眺める。

「今日の夕焼けは色が薄いね」

マスオが大人びたことを言うと太一はそれに答える。

「霞《かすみ》に隠れて富士山も見えないな」

目の前をカモメが横切った。ふたりの視線は一緒にそれを追う。シュモクザメの両脇にはサーファーたちが漂い、いい波が来るのを待っていた。

マスオはあだ名だ。眼鏡をして馬面なので「サザエさん」のマスオさんによく似ている。いつも頭の後ろの髪の毛がはねているところもそっくりだ。去年転校してきて以来、太一とは仲良しになった。はじめのうちは何かにおびえているようだった。太一はそんなマスオがかわいそうに思えて、なるべく早くみんなと打ち解けるようにとまっさきに友達になった。そして、その風貌からマスオとあだ名を付けた。それをきっかけにクラスの子達とも次第に仲良くなっていった。

「この前のテストどうだった?」

マスオがまるい眼鏡のレンズ越しに流し目を太一に投げかけながら聞いた。ちょっとだけ背の高い太一が見下ろすように答えた。

「最低だよ。なんでオレたち一貫校になんて行かなきゃならないんだ」

「そうだよな。中学と高校なんてはじめから一緒なら苦労しないのに」

「小・中・大で十分だよな。なんで中と大のあいだに高なんてのがあるのか理解に苦しむよ」

「そうだよな。大・中・小で一セットなのに『高』なんてなんで入るんだろう」

「小学校六年、中学校六年、大学四年で決まりだよな」

「でも、それだとやっぱり小学校卒業のときに入試がありそうだな」

「そうか、結局受験地獄からは逃げられないのか」

ふたりは笑った。少し離れた砂浜で誰かがアフリカンドラムを叩いている。太一はそのリズムに合わせて首を軽く振りながら言った。

「父さんは公立の中学を出て、はじめて受験したのは高校だって言ってた」

太一が首を振っているのでマスオも一緒に首を振り出した。

「だったら中学は公立でいいんじゃない」

「だめだよ、時代が違うんだって。そのこと話し出すとさ、夫婦喧嘩が始まるんだよ」

ふたりは並んでそろって赤べこのように首を振っている。そのうちに肩や腕も揺れはじめる。

すると太一がリズムに合わせて歌い出す。

「中高一貫、中高一貫、中高一貫、中高一貫……」

マスオも釣られて歌い出した。

「中高一貫やめてくれ、中高一貫やめてくれ……」

それを聞いて太一は詩を変えた。

「いい学校にいい就職、いい学校にいい就職……」

歌だけではなく踊りも熱くなってきた。ふたりともリズムに合わせて腕と腰を動かし始める。

組まれた岩のあいだに落ちないように気遣いながら、海に向かって歌い、踊り、盛り上がっていると、ふたりの歌に合わせて合いの手が入ってきた。「はっ」とか「やっ」とか、奇声が次第に大きくなってくるので、ふたりは顔を見合わせて後ろを振り向くと、ひとりの老人がふたりの踊りよりさらに妙なダンスを踊っている。

　ぽかんと口を開けた四つの瞳に見つめられているのに気がつき、老人は言った。

「どうした、もう終わりか？　キープ・オン・ダンシング！」

　いつの間にか日が沈み、水平線や地平線の近くは真っ赤に染まり、青い空へのグラデーションのなかに富士山の影が浮かび上がっていた。

　その日からふたりは毎日のようにその老人に会うようになった。ふたりはその老人のことを「クサじい」と呼ぶようになる。名前が「草川」だからということにしているが、口がいつも臭いこともその理由だ。クサじいはふらっとやってきては、ふたりの前で踊るような仕草で不思議な話をしていく。

　ある日、クサじいは唐突にこう言った。

「明日はイルカが来るが、君たちはいるか？」

　翌日、ふたりはいつものようにシュモクザメの背中から右目に向かって歩いていた。その日は比較的波が穏やかだった。すき間だらけで歩きにくい岩の上を歩いていく。半年ほど前、太一はポケットから家の鍵を落とし、岩のあいだに入ってもう取れなくなってしまった。母親からこっぴどく叱られ、それ以来、岩のあいだには物を落とさないように注意している。

太一はTバーができた頃からそれをシュモクザメと呼んでいた。父親の雄大が茅ヶ崎を散歩するときに「シュモクザメの頭みたいだ」と言っていたからであり、さらには「そのうちあれは沖に向かって泳ぎ出す」なんて冗談を言っていたからだ。あの頃は母親と三人でよく浜辺を散歩していた。

ふたりが右目の上に乗ると沖をイルカの群れが泳いでいた。ふたりはイルカを見つけ喜んだ。そして、前日クサじいが言っていたことが現実になったことに驚いた。「あーっ」とふたりで叫んで指さすと、いつの間にかクサじいは背後にいて得意げに笑った。

夕焼けがとてもきれいな日、シュモクザメの右目の上で太一はクサじいに聞いた。

「なんでクサじいは踊りながら話をするんだ?」

クサじいは体でリズムを取りながら答えた。

「生きている証拠じゃな」

「生きている証拠?」

マスオが不思議そうな顔をしているとクサじいは答える。

「万物はすべからく踊っているんじゃよ」

言いながら踊りはさらに激しくなった。

「バンブツ?」

「すべてのものさ。草や木は風の歌に踊り、魚は波のリズムに酔いしれ、地球は太陽の調べに耳を傾ける。サンゴは月のハーモニーに腰を振るんだ」

「なんだそれ！」

クサじいは踊るようにその言葉を説明し、太一は笑いながらクサじいの言葉を否定したが、言葉の響きの心地よさは理屈を越えて爽快な気分にさせてくれた。マスオも笑いながら問いかける。

「ヒトはどんなリズムで踊っているんだ？」

その質問を聞いてクサじいは踊りの途中の不自然な格好でピタッと止まり目を瞑《つむ》る。

「クサじい？」

急に止まったクサじいに、何が起こったのか心配になって太一が声をかけた。するとクサじいはそのままの姿勢で静かに答える。

「どんな調べで踊っているか、自分の耳で聞くのじゃ」

とまどっていたふたりにクサじいは話し続ける。

「目をつぶって、耳を澄ます。何が聞こえる？」

太一は目を瞑った。マスオもその様子を見て目をつぶる。

風の音が聞こえる。遠くにカラスの声。いつかも聞いたアフリカンドラム。そして波の音。

「何が聞こえる？」

クサじいの問いに太一が答える。

「波の音と、風の音と、カラスの声と、太鼓の音」

「それから?」

クサじいの問いにマスオは「それ以上は聞こえないよ」と言った。

「静かにして聞くんだ。もっとたくさんの調べが聞こえてくるぞ」

太一にもそれ以上は聞こえなかった。だけど、じっと聞こうとしてみた。それでも聞こえない。

「太一の母さんはカレーのルーを買っている。きっと今晩はカレーだ。太一は大好物のカレーが食べられて今晩は機嫌がいい。マスオの妹が絵本を読んでくれるのを待っている。今晩読んでやるんだな。そうやって儂《わし》たちは踊ってる」

太一とマスオは意外なことを言われて驚いた。クサじいは言葉を続ける。

「世界中の人たちがまわりの人のために唄を歌い、みんなその唄に乗って踊っている。人間として生きる限り、この踊りをやめる訳《わけ》にはいかない。この踊りは生きることそのものだ。踊ることは楽しく、気持ちよく、運命づけられていて、そして儚《はかな》い」

そのとき、誰も気がつかなかったが、遠くの空に光の固まりが飛んでいった。

2

太一が家に帰ると、玄関に入る前にカレーの匂いがした。キッチンで母親の恵子がコトコトとカレーを煮込んでいた。クサじいの言っていたとおりだった。太一は家に入ると台所に行き、恵子に「なんでカレーを作っているの？」と質問した。恵子は「あなた大好物でしょう？」と答えた。

「そういう意味じゃなくて、なんで今日に限ってカレーなの？」

恵子は太一の問いに笑いながら「『そういう意味じゃなくて』という意味がわからないわ」と答えた。話が面倒になりそうだったので太一は二階の自分の部屋に上がっていった。恵子は「へんな子」とつぶやいた。

翌日、小学校で太一はマスオからクサじいの言ったとおり妹に本を読んでやることになったと聞いた。母親が絵本を買ってきたら、妹は「お兄ちゃんに読んでもらう」と言って、マスオの帰りを待っていたそうだ。なぜクサじいにそんなことがわかるのか、いろいろと考えた。尾行されているんじゃないかとか、盗聴器を付けられたんじゃないかとか、人工衛星から監視しているんじゃないかとか、あーでもないこうでもないと言い合ったが、どれも非現実的だった。第一、自分たちが監視されようが盗聴されようが、これから起こることまでわかることが納得できなかった。

3

昼過ぎから雨が降り出した。厚い雲で暗くなった国道一三四号線はテールランプの赤いライトがどこまでもまっすぐつながり、道路にその光が反射した。太一はお使いを頼まれた帰り、まわり道して一三四号線を渡り浜辺の舗道を歩いた。住宅街の細い道を歩くより、浜辺を歩くのが好きだった。しばらく歩くと、前に赤い傘を差した女の子の後ろ姿が見える。加川奈緒だとすぐにわかった。太一はどんなに遠くても同じクラスの奈緒のことを見つけてしまう。どこにいても奈緒のことが気になって仕方ないのだ。だけど恥ずかしいのでそのことを心の中で打ち消している。「あんな奴のこと好きなんかじゃない」と思いながら、つい足を速めて追いついてしまった。すぐ後ろを歩きながら声をかけるか一瞬とまどったが、えいやっと気合いを入れて声を出す。

「加川さん」

赤い傘がくるっとまわり、奈緒の瞳が太一に向いた。

「坂野君」

ちょっとはにかんだ微笑みに思わず微笑み返しそうになるが、ぐっとこらえて冷静を装う。

「なにしてるの」

太一は冷静を装うあまり、ぶっきらぼうな言い方になった気がした。

「お母さんが中学に用事で行ったんだけど、雨が降ってきたから傘を持っていくところ」

「そうなんだ」

中学は太一のうちのそばだ。しばらく一緒に歩けると思ってうれしくなるが、それを悟られないようにちょっと口がこわばった。

「坂野君はどこに行くの？」

「これからうちに帰るところ」

「そう。坂野君のうちってどこにあるの？」

なんか急に顔が赤くなった気がした。

「えっと、あの、中学校のわりと近く」

「そう、じゃあ途中まで一緒ね」

うれしくて笑いそうになったが、それを隠すためにうつむいたり横向いたり落ち着かない。

「そ、だね」

しばらく一緒に歩いたが何を話し出せばいいのかわからない。気まずい雰囲気になるとよくないと思い無理に口を開く。

「あのさ、烏帽子岩って行ったことある？」

「行ったことない。釣りする人なんかが行くんでしょう」

「そうそう、今度一緒に行かない？」

言って「しまった」と思った。

「えっ？　烏帽子岩で何するの？」

奈緒の言うとおり、太一も何をすればいいかわからなかった。無意識のうちにしかめっ面をした。その不自然さに奈緒は笑いをこらえた。

「いやっ、そのさ、海老でも釣ろうか」

「海老？」

「そう、海老。えーびっくりってくらいおいしいよ」

奈緒は笑い出した。

「おかしい、坂野君。でもあそこって危ないし、海老は捕っちゃいけないんでしょう？」

「父さんは昔よく捕ったって言ってたよ」

「昔はね、良かったみたいだけど、いまはだめなの」

「なんで？」

「漁業権ってのがあるんだって」

「あー、なんか聞いたことがある。でも一匹くらいいいんじゃない」

「ダメよ。そういう規則を守らない人がいるから世の中は難しくなるの」

「規則なんて知らないよ」

「知らないからって守らなくていいわけじゃないでしょう」

太一はちょっとムクれた。

「そんなに規則が大事かな」

「大事よ。世界が平和になるためには規則が大切なの」

太一はなんと切り返してよいのか言葉に詰まった。すると奈緒が言葉を続ける。

「私は国際政治を学ぶの。そのために勉強しているんだ」

「コクサイセージ？　どんなことを勉強するの？」

「まだよくはわからないけど、この世界から戦争をなくしたいの」

話があまりにも大きいので太一は一瞬なんと答えていいのかわからなくなったが、言葉を継いだ。

「戦争をなくすって、そんなこと、できるの？」

奈緒は寂しげな顔をして答えた。

「きっと難しいんだろうね。いままでに生きてきたどんな偉い人にもできなかったんだから。でも、いつまでもできないままじゃだめだと思うし」

太一は急に自信がなくなった。奈緒がそんなこと考えているとは知らなかった。奈緒に比べて自分はいったい何をしているんだろうと思う。世界から戦争をなくしたいなんてすごいことを考えている人に、何も言うことはないような気がした。そう思った途端、口をついて言葉が飛び出した。

「そんなこと、できるわけがない！　できないことをいくら考えても無駄だ！」

奈緒は太一の豹変に驚いた。

「どうしたの？　やってみないとわからないじゃない」

「そんな、いままでいたたくさんの偉い人たちでもできなかったことを加川さんにできるわけがないじゃないか」

「確かにできないかもしれないけど、やる前からあきらめることもないでしょう。どんな時代にも世界ではじめて何かをする人はいるの。それが私になるかどうかはわからないけど、とにかくやってみて結果を待つの」

「一生かけて、もしできなかったらどうするんだ」

「そのときはそのとき」

「ほら見ろ。苦労は報われずに泣くだけだ。そんなことするよりもっといいことしよう」

「いいことって？」

「いいことだ」

「なに、それ？」

しばらく考えて太一は答えた。

「海老釣るとか」

奈緒は笑った。太一の顔が赤くなった。

「冗談だよ」

太一は口をとがらせて言った。奈緒は太一の瞳を覗き込むようにして質問した。

「坂野君は何か将来の目標はないの？」

塾でも同じことをときどき聞かれた。目標がないと、大学に入ってもただ燃え尽きてしまって勉強ができなくなると。だけど、夢なんかある訳がない。何をするにも長いステップを踏んでいかなければならない。そんなことをし続けるより、パッと結果が出るようなことをしたほうがクールだ。自分が何になるにせよ、何かになることがちっとも現実的には感じられなかった。

「まだない」

「なぜ？　夢に向かって努力しないとなかなか自己実現はできないよ」

「ジコジツゲン？」と思ったが口にはしなかった。「ジコジツゲン」がどんなことかちっともわからなかった。それを奈緒は察したのか説明をはじめた。

「自己実現は自分がなるべき存在になるために、歩くべき道を歩くこと」

「なるべき存在ってなに？」

「なるべき存在よ。たとえば桑田佳祐はあんなにたくさんの曲を作って、多くの人に感動を与えて、自分がなりたい自分になったの。あれが桑田サンの自己実現。会社の社長になりたいと言ってなる人も自己実現を果たしたと言えるでしょう」

「じゃあ、幼稚園児になりたいと言っていた子供が幼稚園児になったら、それも自己実現か?」

「それは違うんじゃないかなぁ。その時点では自己実現したって言ってもいいのかなぁ?　それは意地悪な質問ね」

「意地悪な質問をしたいボクが自己実現したんだ」

「変な自己実現」

「次の自己実現は悪者になることだぁ。ガハハハハー」

傘を持ったまま両手を振り上げ、指をいっぱいに開いて、怪物のように大きな口を開いて奈緒に襲いかかるフリをした。すると奈緒は太一のスネを蹴って、みぞおちにパンチを入れる。その痛みに太一は動けなくなった。

「イテー」

「変なことするから」

「冗談じゃないか」

「自分の目標がないから、そういうバカなことするの。ちゃんと目標を持ちなさい」

「ボクは加川さんみたいに頭よくないんです」

「頭が悪いなら悪いなりの目標を持てばいいでしょう」

「悪いなりの目標ってどんなのがあるんだよ」

「知らないわよ。自分で考えなさい」

「頭が悪いから考えられないよ」

「真樹《まさき》君は世界一のサーファーになるのが目標だって」

「またかよ……」。太一は口に出さずに思った。奈緒が太一のことを坂野君と姓で呼ぶのに、中野のことはいつも真樹君と名前で呼ぶのが気に入らなかった。

「中野も頭が悪いってことだな」

「なんで？」

「『頭が悪くても目標は立てられる』の例が中野だろ。つまりは中野も頭が悪いってことだ」

「そんなこと言ってない」

「いいや、言った」

「言ってません」

「言いました」

「言ってません」

お互いに顔の表情をこわばらせて言い合っていた。ついに太一は歌舞伎役者の見得のように隈ができるほど顔をゆがませて叫んだ。

「あっ、言いました〜」

奈緒は黙ってしばらく太一を見つめ言い放った。

「バカ」

とっとと歩いていく奈緒に取り残された太一は追いかける。

「言ったろう」

「知りません。もう中学はそこだから、さよなら」

奈緒は防砂林のあいだの細い道を歩いていった。太一はその後ろ姿を見つめて「バーカ」と声を出さずに言った。

4

翌日、いつものように太一は、マスオとシュモクザメの右目にいた。その日の夕焼けは完璧だった。水平線まで晴れ渡り、富士山がはっきりと見えていた。完璧な夕焼けを見たときふたりは「やったね」と言い、リズムに合わせて互いに相手の手を叩き合い、最後に両手で握手をした。その仕草はちょっと複雑で、ふたりの信頼を確かめるものだった。

クサじいが近づいてきた。

「クサじい、なんでボクたちの家の様子がわかったんだ?」

太一は挨拶もせずに質問した。クサじいはしばらく黙っていたが口を開いた。

「だから言ったろう、調べを聞いたんじゃ」

「そんなもん、聞こえないよ」

「聞こえないと思う人間には聞こえない。もし聞きたいのであれば、聞こうとしなければならない」

マスオが割って入った。

「聞こうとすれば聞けるのか？」

「聞こうとして、修行して、少しずつ聞けるようになって、それでもあまり聞けないからともっと修行をすれば、聞けるようになるかもしれない」

「なるかもしれないって、必ず聞けるんじゃないの」

「聞けない人もたくさんいる。努力しても無駄になる人もいる。それでも聞こうとするかどうかじゃな」

太一は腹が立った。

「聞こうとしても聞けないんじゃ、がんばる意味がないじゃないか」

クサじいは太一の目をじっと見つめて言った。

「意味はあとからついてくる」

太一はクサじいの言葉を反芻《はんすう》した。

「意味はあとからついてくる？　意味のないことに意味があとからつくの？」

「なぜ聞こうとがんばることに意味がないと決めるのじゃ?」

太一の頭には言葉の意味がすっと入ってこなかったのでまた反芻する。

「なぜ聞こうとがんばることに意味がないと決めるのか? 聞こうとがんばることにどんな意味があるの?」

「それは聞こうとがんばったあとでわかることじゃ。もし先に答えだけ知ったら、その意味は失われる」

また太一には意味がよくわからなかったので、牛のように言葉を反芻した。反芻しながら軽く首を縦に振る。

「もし先に答えだけを知ったら、その意味は失われる。もし先に答えだけを知ったら、その意味は失われる……。なぜ? 答えを知ったら、それは意味なんだから、そこに意味があるのに、意味が失われる?」

太一は首を縦に振りながらひとりでブツブツと言い続けた。マスオが質問した。

「聞こうとするにはどうしたらいいの?」

クサじいはニヤッと笑った。

「いい質問じゃ。いつもそのような質問ができるととてもいい」

クサじいは目をつぶりニヤニヤしながら頷いている。目を開くとマスオに言った。

「聞きたいか?」

マスオは首を縦に振りながら答えた。

「聞きたい」

クサじいも首を縦に振る。

「そうか、聞きたいか」

ブツブツ言っていた太一も目を輝かせて「俺も聞きたい」と言った。

「そうか、そうか」

三人で赤べこの集団になっていた。

しばらく三人は砂浜を茅ヶ崎から江ノ島に向かって歩いた。人気《ひとけ》の少ない場所で腰を下ろし、黙って海を見つめる。

「調べとはなんだ？」

クサじいの質問にマスオが答える。

「メロディのことでしょう」

「それはそうだ。ほかにもある」

太一が答える。

「音のことだよね」

「それもそうだ。ほかには？」

「調べって言ったら、調べること？」

マスオの問いにクサじいは微笑む。

「うん、それも調べじゃな。調べという漢字は別の読み方もするが、なんと読むか知っているか?」

「その漢字は『ちょう』って読むよね」

「そうじゃな。『調律』とか『調音』の『ちょう』じゃな。それは音読《おん》みだ。訓読《くん》みでもうひとつ読み方がある」

「えーっ、知らない」

「『調律』とはどんなことをするんだ?」

「音を合わせる」

「音を合わせることを別の言い方でなんと言う?」

マスオと太一は黙って見つめ合った。

「『ととのえる』というんじゃ。『音を調える』。それは音を合わせること。すべての音が出せるように調節すること。『支度を調える』とも言うが、そのときの『調える』は、すべてのものがそろっているようにすることだ。どこに行っても困らないように必要なものはすべて持ち、荷物が重くなりすぎないように不必要なものは置いていくことだ。つまり過不足なく、あるべきものがある状態にすることを『ととのえる』という。『調べを聞く』とはその状態であることに十分心を開くことだ。いまここにあるのは宇宙の一部などではない。すべてがある。しかし、物質的にすべてがある訳ではない。過不足なく、必要なものがある。宇宙はホログラフィックだ。すべての記憶がどこにでも存在する。そのうち必要な調べを聞くのじゃ」

太一もマスオもクサじいの言ったことの意味はよくわからなかったが、何か凄いことを聞いた気がして鳥肌が立った。

「それを聞くためにはまずそれを聞ける存在にならなければならない。そのためにはいまここにいることが大切だ」

太一が聞いた。

「いまここにいるって、いつもいまここにしかいられないけど……」

「それでいい」

「でも、いまここにいることが大切なら、いまここにいないこともできるんでしょう?」

「できるな」

「ボクはいまここにいると思うけど」

「いまここにいる人は、いまここにいるかどうかを問わない」

太一は中空を見据えて黙った。クサじいは言葉を続けた。

「いまここにいる人は、いまここにいるだけ。いまここにいるかどうか疑うことで、いまここにはいられなくなる。目を閉じて、いまここにいなさい」

太一もマスオも膝を抱えて座り目を閉じた。

波の音が聞こえる。

波の音の奥にゴーッというあらゆる波の音の重なりが聞こえる。

鳥が鳴いている。鳥は飛んでいるので音がわずかに揺れている。

遠くに人の声が聞こえる。

人の声は何を言っているのかは聞き取れない。だけど、じっと聞いていると、楽しげな雰囲気は伝わってくる。人の雰囲気が声の調子で伝わってくる。

太一はいろいろと考えだした。人の雰囲気が伝わってくるのはなぜだろう。それが調べを聞くということかもしれない。音だけでその人の気分がわかる。気分がわかると考えそうなことがわかる。それがわかれば何をするかもわかるかもしれない。それがわかればほかのものについてももっとわかるかも。動物がこれからどうするかもわかるかも。ひょっとして植物の感情とかもわかるかも。それができたら何かすごいかも。それができていろんなことがわかったらボクは超人かも。クサじいの上を行く超人になったら何をしようか。そしたら加川さんとも仲良くなれるかもしれない。仲良くなれたら次は……。

そのとき太一の肩に掌が置かれた。目を開くとクサじいだ。

「考えれば考えるほど、ここにはいなくなってしまうぞ」

太一はまばたきをした。「ボクはここにいるよ」と言いたくなった。しかし、言わなかった。いろいろと考えていることは、ただここにいることとは違うことに気がついた。太一の表情を見てクサじいはさらに言った。

「考えさえも手放して、ただここにいてごらん」

　また鳥肌が立った。ただここにいることの大きな価値を受けとった気がした。だけどその価値は言葉にはできない。いったい何を得たのか、知りたいと思えば思うほど、何かから遠ざかっていく気がした。

　そのとき、空には光の固まりが一筋飛んでいった。何頭かの犬がその光に向かって吠えていた。

5

　翌日、太一のクラスではマスオが、友達を集めて机の上で本を見ている。太一はそこに近づいて声をかけた。

「おはよう。何しているの？」

「ＵＦＯの本を持ってきた」

　マスオがうれしそうな顔をしている。パラパラとページをめくると、そこにはＵＦＯの写真がたくさんある。太一もその写真に驚きしばらく見入るが、顔を上げて聞いた。

「学校にこんなもの持ってきて平気か？」

「もちろん先生には内緒さ。それよりここ読んで」

太一は本に顔を近づけ、声を出して読んだ。

「UFOは警告のために来ている。人間が地球を傷つけているために、それをやめさせようとしている」

クラスのいじめっ子、セイジが割って入ってきた。

「UFOなんかいるわけないだろう。バカじゃないの」

セイジの子分三人もセイジの肩を持つ。最初に何か言うのはいつもゲタだ。顔が四角いのでみんなにそう呼ばれている。

「UFOなんてみんなインチキだって、大人はみんな知ってるぜ。そんなの買って見ているのは子供の証拠だな」

次に言葉を差しはさむのはミツオの仕事だ。

「そうそう。本物があるんなら見せて欲しいよ。まったくテレビのUFO特番も子供だましで困っちまうぜ」

三人目の子分タラシは三人の言葉にうなずくのが役目のようなものだ。大切な場面でしか口を開かない。

マスオは反論する。

「多くのUFOの話は嘘が多いのは知っているよ。でも、少数だけど本物としか思えない報告もあるんだ」

「どんな報告だよ」

　ゲタがバカにしたような口調で言った。するとマスオはムキになって言う。

「まずフランス政府が最近になってＵＦＯの存在を認めている。サイトがあるよ」

「どんなＵＦＯを認めているんだよ」

「フランス語だから読めないよ」

　セイジと子分たちは笑った。

「ほかにも有名な事件がある」

「どんな？」

「二〇〇六年十一月十七日、全日航のアラスカ行き貨物便がＵＦＯと遭遇する。機長も副操縦士も航空士も、ＵＦＯを見た。アンカレッジの航空センターもレーダーでその存在を認めた」

「そんな話、聞いたことないぞ」

　ゲタの言葉と同時にチャイムが鳴る。

「海外じゃ有名な話だ。日本ではあまり報道されなかった」

「嘘だからだろう」

「違う！」

　マスオは叫ぶように言った。そのとき担任の美奈川先生が入ってきた。蜘蛛の子を散らすようにみんな席に着く。日直が号令をかける。

「起立！　礼！　着席！」

すかさずセイジが声を上げた。

「先生！　学校に関係ない本を持ってきている人がいます」

「あら、誰？　正直に答えれば許してあげるわ」

セイジは指をさして「こいつです」と言いかけたが、美奈川先生にさえぎられる。

「静かにして。正直に言いなさい。誰？」

マスオがゆっくりと手を挙げた。

「古川君、何を持ってきたの？」

「本です」

美奈川先生はマスオの席の近くに立った。

「どんな本？」

「あの、普通の本です。みんなに見せたくて」

「普通の本って、どんな本？」

「写真入りの、あの……読む本です」

「古川君」

「はい、その……ＵＦＯの本です」

「その本をみんなに見せたかったのね」

「はい」

「授業には関係ないわね」

「はい」

「じゃあ、放課後まで預かっておく。授業が終わったら職員室に取りに来なさい。放課後にみんなで見ればいいでしょう」

「はい」

「じゃあ、その本を出して」

「はい」

マスオは机からＵＦＯの本を出し、恐る恐る美奈川先生に渡す。

「はい、ありがとう。この本を読みたい人はいる？　いたら手を挙げて」

太一を含む何人かが手を挙げた。

「じゃあ、放課後まで待っていてね」

みんなは「はーい」と気乗りのしない低い声で応えた。セイジが言った。

「そんな嘘の話の本、教育上よくないと思います」

美奈川先生はＵＦＯの本を胸に抱えて答えた。

「そうかもね。でもこういうのって友達と読むの楽しいでしょう。昔、私も読んだことあるし。

さ、授業をはじめましょう」

放課後、マスオと太一は職員室に行った。美奈川先生はすぐに本を返してくれた。そして「よかったら一緒に見せて」と言った。他の先生の手前、ふたりはちょっと緊張しながらページを繰った。

「なぜ古川君はＵＦＯが好きなの？」

マスオはドギマギしながら答えた。

「いつか本物のＵＦＯを見たいんです」

「見られたらいいわね。でも、見られないかもしれないよ」

美奈川先生は何かを探るように質問する。するとマスオは必死に答える。

「いえ、絶対ＵＦＯはいるんです。どこかを飛んでいるんです。ただそれを見ることができないだけで、必ずどこかにいるんです」

「どうして？」

マスオは固まったように動かなくなった。太一もどこかマスオの不自然さが気になった。しばらくしてマスオが口を開いた。

「もういいです」

マスオは本を抱えて職員室を出て行った。美奈川先生は声をかけたが無視して出て行った。

太一はあとを追いかけた。昇降口で追いつく。下駄箱から靴を出しているマスオの背中から声をかけた。

「どうしたんだよ」

「なんでもない」

　マスオは怒っていた。

「マスオ」

　太一が力なく言うとマスオは外へと歩き出した。太一はちょっと離れてずっとマスオの後ろをついていった。学校を出て、海岸通りの歩道橋を上がっていく。歩道橋の上からは富士山が雄大な姿を見せていた。普段なら必ず富士山を仰ぐマスオだが、そのときはうつむいたまま歩道橋を渡っていった。浜辺に出て、いつもの道を歩く。そのまま帰ってしまうのかと思ったが、マスオはシュモクザメの背中に上がっていった。太一もついていく。いつもの右目の上に立つ。波がいつもより強くテトラポッドに当たって、波しぶきが激しい。たくさん波をかぶってしまうので普段なら手前で帰るところだ。マスオは波しぶきの音に負けない声で言った。

「太一は友達だよな」

「ああ」

　太一はマスオがこれから何を言い出すのか不安だった。

「俺、悔しいんだ」

「何が悔しいんだ」

「ＵＦＯはいるんだよ」

「ん？」

太一にはなぜＵＦＯの存在がマスオにとってそんなに重要なのか理解できなかった。

「太一も信じないのか？」

答えに躊躇したが正直に答えた。

「いるのか、いないのか、ボクにはわからないよ」

マスオの声が険しくなった。

「やっぱり信じないのか」

「だって、見たことないし、見たことある人に会ったこともない」

「そうだよな。見たことなければ信じられないよな」

しばらく沈黙が続いたあとでマスオが言った。

「見たことある人が、見たことあるって言っていたら信じるか？」

「マスオは見たことあるのか？」

「俺は見たことない。だけど……」

「だけど？」

「パパが見たんだ」

「え？」

「パパがパイロットだったとき、ＵＦＯを見たんだ。さっき言ってた二〇〇六年のＵＦＯはパパが見たんだ」

「えーっ、すごいじゃん。本物を見たんだ」

「だけど、ほかにもたくさんの人が見たのに、パパはパイロットをやめさせられた」

「なんで？」

「ＵＦＯみたいな見えないものが見えるなんて、パイロットとしては不適格だってさ」

　マスオの声は震えていた。

「副操縦士も見たし、航空士も見たし、管制センターのレーダーにも映っていたのに、そのことを報告したら検査されて、誰にも信用されずにやめさせられた」

「副操縦士や航空士は？」

「見間違いかもしれないって言ったんだ。でも、ＵＦＯはコックピットの目の前に来て、三人ともはっきり見たんだ。それを見たとパパだけが言い続けたんだ」

「それでやめさせられたの？」

「本当はそれだけじゃない。それから何日かして、パパがやはり飛行機を操縦していたとき、もう一度ＵＦＯを見たんだ。ところが、それは見間違いだった。前の事件があったから、パパはすぐにまた見えたと管制センターに報告しちゃうんだ。前のことを信じて欲しかったんだ。ところが、それは空中の氷った水滴が光ったものだった。それで二度も間違えたって、やめさせられたんだ。だから、俺はパパのかたきを取りたい。ＵＦＯを発見して、みんなにＵＦＯはあるんだって納得させたいんだ」

太一はマスオの肩を叩いた。

「わかった。じゃあ、俺たちでＵＦＯを見つけよう。かたきを取ろう」

「実は、転校してきたのもそれが理由なんだ。まわりの人たちがみんな、ＵＦＯを見た変な人の家族って、ボクたちを見るんだ。でもパパがおかしいんじゃない、と思う。ボクも本当はよくわからないんだ。でも、ママが、パパを信じてあげましょうって言うんだ。だから、ボクもパパを信じている。だから、パパを信じるためにも、その証拠を見つけたいんだ」

マスオは黙った。太一はなんと言葉をかけていいのかわからなかった。

しばらくしてマスオが口を開いた。

「パパは俺が大きくなったときに『俺が操縦する飛行機に乗せてやる』って言ってたんだ。それができなくなったことを悔しがっている」

「かたきを取って、もう一度パイロットになってもらおう」

「おう。そのときは太一も一緒にパパの飛行機に乗ってくれよ」

ふたりはいつもの「やったね」の握手をした。

気がつくと波しぶきでびしょびしょだった。

6

茅ヶ崎の商店街にあるライブスポット、「ジャズ・ジラフ」の四十席は満席になっていた。ユー・サカノ・カルテットの演奏はいつも人気で客が絶えない。ユー・サカノこと坂野雄大は太一の父親だ。中学生からブラスバンドでトランペットを吹き始め、大学ではジャズ研に所属した。工学部に所属しながらジャズ研に籍を置くのは無理があった。三年留年してやっと卒業したが、工学系の一流企業には就職することができなかった。だけど大学でライブをやりはじめて以来、毎月一度のライブを三十年近く欠かしたことがない。その腕前にまわりはみんなプロだと思ってるが、実際は仕事を別に持っている。

「では、このセット最後の曲。これは僕がかつてチェット・ベイカーと親しくなって、彼が死ぬ一年ほど前に、機会があったらやろうって約束したのですが、結局その日は来なかったという、ちょっと悲しい思い出の曲です。チェットとアート・ペッパーが競演するアルバムで有名な『ソニー・ボーイ』」

軽快なリズムとアドリブの舞台を太一はカウンターの端から見つめていた。暗い店内でも太一の半ズボンから突き出した足が妙に目立った。そんなことにはお構いなしで太一はリズムに合わせて首や足を振る。アドリブが一巡して太一の父親が演奏の途中でプレーヤーの紹介をし、そのステージは終わった。舞台から降りると雄大はまわりに挨拶しながら太一の隣に座った。

「この時間に来て平気なのか？」

「塾を抜けてきた」

「またママに叱られるぞ」

「ばれないようにしないとね」

「そんなことできるのか」

雄大はブラントンの水割りを頼んでタバコに火をつけた。

「ボクもジャズやりたいな」

太一の言葉に雄大は「やればいい」と素っ気なく言った。

「教えてよ」

「ジャズは教わるもんじゃないから」

タバコの煙に目を細めながら雄大は言った。

太一はオレンジジュースを飲みながら言う。

「教わらずにどうやって演奏するの？」

「まずは誰かの真似をするんだな。楽器は何をするんだい？」

「トランペット、かな？」

「なんだ、俺の真似か」

雄大はちょっとうれしかった。

「違うよ」

「トランペッターは誰が好きなんだ?」

太一は考えた。「パパ」と答えようとしたがやめた。次に「チェット」と答えようかとも思ったが、これもパパの影響だと思われるので、とっさに知っている人をあげた。

「チャック・マンジョーネ」

「フリューゲルやるんか?」

「フリューゲルってペットとはやっぱちがうの?」

「まあ、詳しく言えば違うけど、やることは変わらないな。音が柔らかいからジャズ向きじゃないって人もいるけど、好みだからな」

雄大はブラントンをすすった。

「トランペットの音は出せるのか?」

「ちょっと」

「一緒に住んでいたとき、ブーブーやっていたよな。吹き過ぎちゃってさ、こめかみが痛くなったって泣いたの覚えているか?」

「知らないよ」

「まあ、あのとき少しは吹けたからいまでも平気だろうな」

「うん」

「楽器はあるのか？」

太一は首を横に振った。

「じゃあ、安いの買うか。まずはペットだな。フリューゲル安いのって中古になっちゃうから。ペットを練習してうまくなったらフリューゲル買えばいい」

「うん」

太一はうれしかったので足を軽く振った。高いスツールで下に足が届かない。

「パパ、ＵＦＯって見たことある？」

「ああ、昔な。『謎の円盤ＵＦＯ』だろう。映画会社の地下が基地になっているやつな。『サンダーバード』や『キャプテン・スカーレット』の会社が作ったんだろう。リアルで話が暗かったのを覚えているよ」

「そういうんじゃなくって、実際に空を飛んでいるやつ」

「本当のＵＦＯ？　それは見たことないな。でもベースの中ちゃんは見たことあるってよ。おーい、中ちゃん」

雄大は少し離れた席にいたベーシストを呼んだ。

「中ちゃんさ、ＵＦＯを見たことあるって言ってたよね」

髪の毛を後ろに束ねた中ちゃんは笑顔で答えた。

「あるある、太一君その話聞きたい?」

太一がこっくりとうなずくと中ちゃんは椅子を持ってきて座った。

「三、四年前さ、一三四号を江ノ島から西に走っていたのさ。そしたら上をフーッと何か飛んでいったの。そのとき信号で止まっていたから見上げたらさ、光が僕たちを追い越して富士山の方向へ飛んでいくんだよ、すごいスピードで。ああっと思ったらカクッと右に曲がって、どっか行っちゃった。あれは飛行機でもヘリコプターでもない。あんな曲がり方はどんな乗物でもできないよ。だからUFOに間違いない。でもね、ミュージシャンってUFO見るの多いと思うよ」

太一は「なぜ?」と聞いた。

「なぜだろうね。バカだからじゃない」

中ちゃんと雄大が笑った。中ちゃんがしゃべり続ける。

「UFOってのはね、波動の高い人が見るんだよ。わかる? つまりね、悟っていたり、素直だったりするとさ、見られるの。疑い深かったり、理屈っぽかったりすると、見たくても見られないんだよね。あれはさ、別の世界から来てるじゃん。するとさ、安全そうな人の前にしか出て来ないんだよ。捕って食ったり売り飛ばそうなんて考えるような奴の前には出て来ないの」

「その点ミュージシャンは安全だよな」と雄大が言った。

「そうそう、演奏して気持ちいいのが一番だから、悪いこと何もしないよね」

太一は怪訝《けげん》な顔をした。すると中ちゃんは大声で笑う。

「本当にそうなんだよ。どんな宇宙人が来たって協調しちゃうから。アドリブと一緒。ツーツック、ツーツックってリズムにさ、ババボンボンボン、なんてベースを乗せてさ、ユーがパラパパパーリッなんてやるワケよ、戦いようがないよな」

中ちゃんと雄大がまた笑った。

「『未知との遭遇』も音楽で会話してたしな」

雄大の言葉に中ちゃんが応える。

「そうそう、あれは慧眼《けいがん》だよ。さすがルーカス」

「いや、あれはスピルバーグだよ」

「あれ、そうだっけ。レミドドソな」

「そう、レミドドソ」

中ちゃんがまた口でリズムを刻みだした。雄大はそこにリズムをつけて「レミドドソ」を繰り返す。

「ほら、太一、ジャムれ」

太一は適当にジャズっぽいフレーズを口ずさんで三人で盛り上がった。中ちゃんと雄大が太一のフレーズを聞いて右手の親指を突き出し「グッド」を伝える。雄大が「宇宙人との遭遇だ」と叫ぶと、中ちゃんが何かを見上げて驚いた顔をした。リズムも止まってしまった。雄大は中ちゃんの演技がおかしくて笑い出す。中ちゃんは雄大の膝を指でつついた。

「なに？」

中ちゃんが向いているほうを雄大が見ると、そこには別居している妻、太一の母、恵子が立っていた。雄大の頭に「レミドドソ」がこだました。

「なんで太一がここにいるの？」

渋い声でささやく恵子に雄大は立ち向かう術がない。

「いや、その、さっき来たから」

「うそ、一時間はいるはずよ。塾から途中でいなくなったって電話をもらったから」

「ライブ中に入ってきたから」

「いまは楽しそうに話していたじゃない。なぜ？」

「なぜって、俺の息子なんだから、楽しそうに話してもいいだろう」

「ここは子供が入るような場所じゃないでしょう」

中ちゃんはそっと席を立ち、別の場所に行ってしまった。

「お前こそ、俺のライブ会場に押しかけてくるなよ。みんな迷惑するんだから」

次第に雄大もエネルギーを蓄え、恵子に反論し始めた。

「誰が迷惑するの？　太一をあなたが連れてきたからいけないんでしょう」

「連れてきた？　誰が？　俺がライブをしてたら勝手に入ってきたんだ。太一はお前といるのが息苦しくてここに来たんじゃないのか？」

「なんですって？　息苦しいのはこっちです。なんで私がこんなところに来なきゃならないのよ」

「来たくなきゃ、来なきゃいいだろ」

雄大はつばを飛ばして怒る。恵子も顔が真っ赤だ。

「太一を連れてとっとと帰ります」

「太一に勉強ばっかさせて、太一はつまらないんじゃないか？」

「あら、遊んでばっかで負け犬になって欲しくないんです。どこもかしこも不景気で働けない人であふれてるんです。そんな大人に太一をさせたくないのよ」

「勝ち組だ、負け組だって、そんな尺度でしか人生が計れないとしたら、そりゃ不幸だろう」

「不幸も何も、いい学校に行かない限り、いい就職もできないのよ。いまどきラッパばかり吹いている訳にはいかないんです」

「なんだと、ラッパ吹いて何が悪い」

そこにジャズ・ジラフのマスターが割ってはいった。

「まあまあ。ここはお客様がいるんだから、いい加減にしてください」

雄大と恵子はそっぽを向いた。太一がか細い声で告げた。

「トランペットを習いたい」

雄大は微笑んだ。恵子は聞こえないふりをしていた。聞こえないふりをしている恵子に向かって、太一はもう一度大きな声で言った。

「トランペットを習いたい」

恵子の表情がゆがみ、ゆがんだ声が口から漏れた。

「何を言い出すの？」

太一がもう一度言う。

「トランペットを……」

恵子は最後まで聞かずに太一の腕をつかんで帰ろうと歩き出す。

「痛い、痛い」

太一はドアに向かって恵子に引きずられていった。雄大は「おい」と言って止めようとしたが恵子は聞かない。

「太一が嫌がっているじゃないか」

大きな声で雄大が言うと恵子はその場で止まった。ジャズ・ジラフがしんと静まりかえった。

「この子のためです」

決然として恵子は言うと「行きましょう」と言いながら太一と外に出た。客が一斉にため息をついた。雄大はグラスを空け、今度はストレートを頼んだ。マスターが雄大の肩を優しく叩いてささやいた。

「大変だな」

バーテンダーがストレートグラスにブラントンを注ぐと、雄大はそれを一気に呷《あお》った。

7

太一は小学校の授業が終わると市立図書館に行った。そこでUFOに関する本を三冊借りた。それらを小脇に抱えて茅ヶ崎の砂浜に腰掛ける。大人向けの本なので少し読むのが難しいが、我慢して読みつづけた。読んだ本に二〇〇六年全日航機UFO遭遇事件について詳しく書いてあった。

二〇〇六年十一月十七日、K・Fは機長としてパリ発レイキャビク、アラスカ経由東京行き全日航一六三〇便を操縦していた。副操縦士はT・Y、航空士はM・Sだった。現地時間十七時十一分、ボーイング七四七ジャンボジェット機は、アラスカ上空一万一千メートルを時速約九五〇キロで飛んでいた。天候は曇り。

そのときK・F機長は左手の窓に、点滅しながら踊るような不思議な光を確認した。約六〇〇メートル下方を自機と同じ方向に同じ速度で飛んでいる。すぐにアンカレッジ航空管制センターに連絡したが、レーダー画面には何も映っていないと報告された。その数秒後、その光は予測不可能な素早い動きで、飛行機のまわりを踊るように移動していった。次いで、コックピットの正面に位置し、強い光をコックピット内に向かって発した。副操縦士のT・Yによれば、赤、オレンジ、白に光るクリスマスツリーの点滅灯のようだったという。この発光物体はその後もジャンボジェット機の上下、左右に位置していった。その間、ジャンボ機の気象レーダーが、何かを右手前方十三キロのところに探知していた。そのことを管制センターに報告しようとしたが、超短波無線は妨害電波を受けて使えなかった。その妨害は数分後に物体が左方向に離れていくまで続いた。

十七時十九分。その機以外にはこの地域を飛ぶ飛行機は予定されていなかったが、アンカレッジ航空管制センターでは、飛行機の前方に未確認物体を確認した。そこで管制官は副操縦士にその確認を求めた。数秒後、物体はだんだんと西に遠ざかり見えなくなった。そのときの様子をK・F機長は「一様に白い薄い光になった」と証言した。管制センターのレーダーからも消えてしまった。しかし、すぐにまたレーダーに現われた。

十七時二十三分。アンカレッジ航空管制センターは、アメリカ空軍エルメンドーフ基地の地域作戦指揮センターに協力依頼の連絡をし、空軍レーダー通信士たちが同じように飛行機近くの未確認物体を確認したかどうかを尋ねた。ジャンボ機内ではパイロットたちが白蛍光色を放つふたつの光が追い続けていることを確認していた。この光は左手に数十秒のあいだ移動し、消失した。

十七時二十五分。アンカレッジ航空管制センターのレーダーと航空機のレーダーで物体が確認された。

十七時二十六分。エルメンドーフ基地のセンターとアンカレッジ航空管制センターは、いくつかのあいまいな物体の位置を確認した。それはジャンボ機とほぼ同じ高度、約一万一千メートルを十五キロほど離れて飛行していた。

十七時二十七分。全日航機はイールソン空軍基地に差しかかった。機長は再び明るい光に気づき、この光は巨大な物体から出ているものだと確信した。機長はその物体を「空母のようなもの」と表現している。

十七時三十分。K・F、T・Y、M・Sの三名は、ついにこの物体の全体を見た。ふたつの光の背後に巨大な卵形の物体がはっきりと姿を現わしたので、彼らは仰天した。その長さははるかにジャンボ機をしのぎ、空母二隻を合わせたくらいの大きさだったという。当時の航空母艦としては二〇〇三年に就役したロナルド・レーガン・ニミッツ級航空母艦がある。その全長は三三三メートルなので、それが二隻となると六六六メートルもの大きさの物体に追われていたということになる。ボーイング七四七は全長が約七〇メートルなので、ほぼ一〇倍の大きさの飛行物体だった。

妨害されていた無線が再び使えるようになったので副機長はアンカレッジ航空管制センター

と連絡を取り、右方向に四五度旋回して相手の反応を見たいと希望を出した。しかし、旋回したのちもこの物体は変わらず追随してきた。

十七時三十二分。高度を一万一千メートルから九四五〇メートルに下げた。管制センター、フェアバンクスのレーダーにはジャンボ機以外はもう何も確認できなかったが、機内からはレーダーが物体を探知しており、乗組員が相変わらず目視していた。アンカレッジ航空管制センターの要請により、K・F機長は機体を三六〇度旋回させた。すると物体は消えた。

十七時三十九分。エルメンドーフ基地のレーダー通信士はジャンボ機の旋回中に機体近くにある物体をキャッチした。

十七時四十分。未確認の物体がアンカレッジ航空管制センターのレーダーに捉えられた。そこで航空管制センターはアンカレッジ空港を離陸して全日航機とすれ違うコースを飛ぶ予定のステイツ航空のパイロットに物体の目視を依頼した。

十七時五十一分。ステイツ航空のパイロットは高度八八三〇メートルで周囲には何も見えないと報告した。

物体は消え、もう目視でもレーダーでも捉えることはできなかった。

全日航機は十八時二十分にアンカレッジ空港に着陸した。連邦航空管理局が即座に調査を開始した。ふたりのパイロットと航空士は特別調査員から事情聴取を受けた。K・F機長はその後すぐに、一連の事件の内容を報道関係者に明らかにした。

だが、このことによって彼は、全日航のパイロットをおろされ、地上勤務にされてしまった。

太一はその本を読みながら、そこに書かれている内容がマスオのお父さんに起こったことであることに驚いていた。身近にこんな体験をする人のいることが信じられなかった。本から顔を上げると、目の前に広がる茅ヶ崎の浜辺を夕焼けがおおっていた。クサじいがこちらを向いて立っていた。

「UFOって本当にあるのかなぁ」

太一が唐突に聞くが、クサじいは落ち着いた雰囲気でその質問に答える。

「うむ、それは微妙だな」

「微妙?」

「太一、波はあるか?」

「波があるか?　目の前に波は立っているじゃないか」

茅ヶ崎の浜辺にはいつもと変わらず、サーファーにとって心地いい波が立っていた。

「あの波は水であって、波が『ある』訳ではないのではないか?」

太一はクサじいが何を言っているのかよくわからなかった。

「サーファーたちが乗っている波は水の運動状態であって、波という物体がある訳ではない。特定の運動状態を水がしているとき、それを儂たちは『波』と呼ぶ。それは存在する物ではなく、特定の状態だ。存在しているのは水だけだ」

「ああ」

「ところが儂たちはそこに『波がある』と思いこんでいる。波があるのではない、水があり、それがある特定状況にあるとき、それを『波』と呼んでいるに過ぎない。つまり『波』はそこに存在するのではない。水が存在し、その運動状態を『波』と呼んでいる。ＵＦＯも同じようなものだ。もっと言えば『生命』も同じだ。原子がある規則にのっとり整列し、脈動を吹き込まれることで生命になる。同様にＵＦＯは存在するのではない、現象として現われるのだ」

　太一は身じろぎもしなかった。わかったような、わからない話だった。

「この話は大人でもわからん者がいる。小学生には難しいな」

　そう言われて太一は反応した。

「わかるようになりたい」

「そうか。しかし、それは簡単じゃないぞ。この前の『調べ』と一緒じゃ。聞こうとして修行して、それでも聞こえるかどうかはやってみないとわからない。わかるようになるためには修行が必要だ。大学の勉強をするためには小学校で六年、中学で三年、高校で三年学ばないとならない。同じように、そのことがわかるようになるためには何年かかかるかもしれない。それでもいいのか」

「それがわかったらＵＦＯを見ることができるの？」

「さて、どうかな」

「マスオの父さんのかたきを取るって約束したんだ。マスオと一緒に修行する」

「そうか、だけどその調べを聞くためには何か自分にとって切実な、巻き込まれるための何かが必要だぞ。まずはそれを探すことだな」

「巻き込まれるための何か？」

「マスオじゃなく、自分自身が調べを聞くための切実な動機だ」

太一はしばらく考えたが、切実な動機というものが何か曖昧だった。奈緒との恋、トランペットを吹くこと、勉強すること、国際平和について何かすること……。いろいろと考えたが、何が切実なのか、わからなかった。

「修行するうちに見つけるのじゃな」

太一はうなずいた。

暗くなったが太一はクサじいのあとをついていった。浜辺から駅の方向に道を入り、何度か曲がって歩いていくと広い敷地に住居と道場があった。入口に看板が裏返してある。

「かつてここは柔道場じゃった」

クサじいが看板を表に返すと「草川柔道場」と書かれていた。入口の引き戸を開けると上がりかまちの向こうに広い空間がぼんやりと見える。クサじいが灯りのスイッチを入れると、緑の畳が広がっていた。

「明日から来られる日にここに来なさい。瞑想する。マスオも一緒にな」

翌朝、太一が学校に行くと、五年二組前の廊下で奈緒が真樹と話している。気にしないようにして教室に入るが、気になって仕方ない。教科書やノートを机にしまい、ランドセルをロッカーに入れた。トイレに行く振りをして様子をうかがった。ふたりが別々に太一のほうを向くが、そのたびに白々しくそっぽを向く。トイレに入って入口からそっとふたりを盗み見た。

「おい、何してんだよ」

急に後ろから呼びかけられて太一はびっくりして飛び上がった。振り向くとマスオだ。

「びっくりするじゃないか」

「ふふ、加川のことが気になるんだろう」

「そんなんじゃないよ」

「ふたりはできてるんだって知っているだろう。もう今となっては否定のしようがないよな。朝っぱらからあれだもん」

「ただ話しているだけじゃないか」

「おや、ふたりの肩を持つのかい。やめたほうがいいと思うよ。何のために肩を持つのか理由がわからないし」

「ただ、それは、なんだなぁ」

「加川のこと好きなんだろう」

「そんなことないけど」

「俺と太一の仲だろう、はっきりしろよ。誰にも言わないよ」

「好きかもしれないけど、よくわからない」

「うーん、ちゃんと認めちゃったほうが気が楽だよ、きっと」

太一は話をはぐらかそうと不意に昨日のことを思いつく。

「そうだ、今日からクサじいに瞑想習うから、一緒だよ」

「えっ、なんのこと？」

「クサじいに瞑想習うとＵＦＯが見られるかもしれない」

「なんで？」

「マスオにとってはＵＦＯを見ることはとても切実なことだから」

「意味わかんねぇよ」

「とにかく、今日塾が終わったらクサじいに会いに行くから」

「ああ」

チャイムが鳴った。真樹は五年一組に、太一とマスオ、奈緒は五年二組の教室に入っていった。

塾が終わると太一とマスオはシュモクザメに行かず、クサじいの瞑想場に行った。灯りがついていたので中に入ると、畳の上の半紙にあまりうまいとは言えない字で書き置きがあった。

「雑巾で畳を拭くこと」

半紙の脇にはバケツと雑巾が置いてあった。

ふたりは外に蛇口を見つけ、バケツに水を張り、雑巾を絞って畳に雑巾がけを始めた。

「なんで掃除なんかするんだよ」

マスオが文句を言う。

「知らないよ。ボクだってこんな話聞いてないよ」

太一の声も不機嫌だ。

「太一が瞑想しようって言うから瞑想しに来たんで、掃除なんかしなくていいよ」

「やめようか」

太一がその場に座るとマスオも腰を下ろした。

「だいたい、きれいじゃないか、この畳」

「そうだよな」

外に人影が近づいてきた。きっとクサじいだろう。それを見てふたりはにわかに雑巾がけを始める。クサじいが引き戸を開いて入ってきた。

「上出来、上出来。ちゃんとやってるな」

クサじいは紺色の作務衣を着ていた。いつもと雰囲気が違う。

「雑巾がけさせられるなんて聞いてなかったよ」

太一が言うと、クサじいは答えた。

「雑巾がけも瞑想の一部じゃ」

「なにそれ」

「瞑想は完璧な場でおこなわなければならない。チリひとつ落ちていてはいけないし、汚れていてはいけないんじゃ」

「瞑想と掃除がどう関係あるのさ」

クサじいはしばらく黙ってから言った。

「そのうちわかる。それまでは黙ってやりなさい」

太一もマスオもちょっとムッとした。「理由もわからずやってられるか」と思った。クサじいは言った。

「瞑想とＵＦＯだって関係ないと言えば関係ないだろう。関係の中に身を置くことで関係を作るのじゃ。世界はすべて響き合っている。しかし、響く関係にならない限り何も起こらない。瞑想も、あらゆるものと響き合わないのなら、ただ座っているのと同じじゃ」

マスオは聞いた。

「本当に瞑想を続ければＵＦＯを見ることができるの？」

クサじいはしばらくうつむいていたが、やがて顔を伏せたまま上目遣いでマスオを見つめて言った。

「お前にとって本当に必要なことなら、向こうからお前に近づいてくる。それがこの世界、宇宙というものじゃ」

マスオはブルッと震えた。太一が聞いた。

「なぜクサじいにはそんなことがわかるんだ」

クサじいは頭を下げてしばらく黙っていたが、ゆるゆると肩が動いている。太一とマスオはその様をじっと見つめていた。どうやら笑っているようだ。ふっと笑った顔を上げ、クサじいは言った。

「儂にそういうことがわかることが必要だったんじゃな」

「なぜ？」

太一の問いかけにクサじいはしばらく黙り、

「いつかわかる。しかし、そのときまでは『なぜ？』という問いをしばらく手放してごらん」

と言った。マスオが再び質問した。

「なぜ？」

「ははは、それをやめろと言っているのじゃ。まず質問をするのではなく、自分の発した問いと一緒にいることを覚えなさい」

太一とマスオは顔を見合わせた。互いに心の中で「なぜ？」と問いながら、黙っていた。

クサじいは道場の中を床の間に向かって歩き、その左手の壁に向かって立った。そして懐《ふところ》から二枚の木の札を取り出した。そこには太一とマスオの名前が書かれていた。それを壁にさしてあるフックにひとつずつ掛けた。一番右にはすでに日に焼けた「草川龍馬」の札がある。その脇に「坂野太一」と「古川健」の札が並んだ。札を掛けたらクサじいはそれに向かって手を合わせて拝んだ。太一とマスオはその様を見て、自分たちも手を合わせるのかどうか迷いながら、自信なく手を合わせた。

クサじいが用意してくれた座布団に座り、ふたりは瞑想した。しばらくは黙っていられるが、少したつと顔が痒くなる。飛んでいる虫が気になる。眠くなる。足がしびれる。肩が凝る。なかなか落ち着いて瞑想できない。クサじいはそのあいだじっと黙っている。やっと終わるとクサじいは言った。

「はじめからうまくなどできないものだ。少しずつできるようになることを楽しみなさい」

ふたりは「はーい」と言って瞑想場をあとにしようとした。すると「待て」とクサじいに呼び止められた。

「ここを出て行くときはこの瞑想場にお辞儀をしてから出て行きなさい」

靴を履いて引き戸から出て行くときにふたりは瞑想場に向かってお辞儀をした。

そのとき、厚木海軍飛行場から飛び立ったＰ－３Ｃ対潜哨戒機が一機、ふたりの遙か上空を飛び去っていった。

8

それ以来、三人は数日に一度、瞑想場で瞑想した。瞑想場でなくても瞑想はできる。太一とマスオは次第にシュモクザメの上や浜辺でも瞑想をするようになった。ふたりが黙って姿勢良く座っているのをクラスメイトが見つけると、みんなふたりに話しかけたが、ふたりは黙って座っているばかりだった。

シュモクザメの上でひとしきり座り、太一とマスオは浜辺を歩いていた。西の空が赤い。そこに真樹がサーフボードを抱えてやってきた。シュモクザメのすぐ脇でサーフィンをしていたので、瞑想をしていたふたりの姿がよく見えた。ウェットスーツからは水が滴り落ちている。

「なあ、お前ら、なんで瞑想なんかしてんだ?」

真樹の問いにマスオが答える。

「クサじいに教わってんだ。クサじいって知ってる?」

「知らない」

「瞑想に興味があるのか?」

「ちょっとな。ジェリー・ロペスって知っているか?」

「誰、それ?」

「有名なサーファーさ。彼が瞑想をするんだ。どんな大きな波が来ても、ひるむことのない心は瞑想によって得たって」

太一は黙って聞いていた。マスオが答える。

「一緒にやる?」

「そうだな。教えてよ」

太一が答えた。

「そのためにはクサじいの許可が必要だ。俺たちにはわからない」

マスオは太一の答えに反論した。

「俺たちが頼めばきっと平気だろう?」

「どうしてわかるんだ?」

「どうしてって、別に難しい試験して習ってる訳でもないし」

「俺は、きちんとクサじいに聞いてから答えたほうがいいと思う」

「そ、そうかなぁ」

太一は真樹に向き直って言った。

「しばらくその返事は待っていてくれ。許しが出たら言うよ」

真樹の返事を聞かずに太一は歩き出した。マスオは「じゃあな」と真樹に挨拶して太一のあとを追った。

「太一、なんか怒ってない？」

「いいや」

「なんか怒っているよ。加川の件か？」

太一は言われて無性に腹が立った。

「違うよ。加川となんの関係があるんだ！」

「加川と中野が仲いいからさ」

「関係ない！」

「そうかなぁ。じゃあなんでそんなに怒ってるんだ？」

太一は足を止めた。マスオも立ち止まる。

「うるさい、ほっといてくれ」

太一はそう言って再び歩き出した。

「なんだよ、それ」

マスオは太一のうしろ姿を見送った。

太一は腹立たしかった。そして、悔しかった。マスオの言っていたことは図星だったが、自分でそれを認めたくなかった。それを認めようとしない自分に腹が立った。「瞑想したって全然役に立たないじゃないか」と、自分の不甲斐なさを瞑想のせいにした。

同じ頃、奈緒は塾に行く用意をしていた。母親が出かけようとした奈緒を呼び止めた。

「奈緒、お父様の帰国が一週間延びたって」

「そう」

「奈緒はそれでいいの？」

「いいもなにも、それは決定したことでしょう。いまさらどうしようもないじゃない」

「だけどねぇ」

「私は平気よ。行ってきます」

「あ、行ってらっしゃい。気をつけてね。不審な人を見たら逃げるのよ」

「わかってる」

「ポケットブザー持った？」

「持ってる」

玄関から出て行く奈緒を見つめてため息をつく母。家政婦が話しかけた。

「お嬢様の発表会はあさってですよね。楽しみになさっていたのに」

「まったく。これでいいのかしら。あの子はいつも大人で、私のほうが駄々をこねているみたい。まだ小学五年生なのに、わがままひとつ言わなくて、あれでいいのかしら」

「お母様のしつけがきっとよかったからですよ」

「それならいいけど。なんかあの子にはいつも我慢させてるみたいで」

「お嬢様はもう大人です」

「私があのくらいのときは親に文句ばかり言っていた気がするけど、娘があまりにも従順だと、なんか心配になる」

「取り越し苦労ですよ」

「だといいけど」

　奈緒が塾に向かって歩いていると、正面から太一が歩いてきた。下を向いて脇目もふらず歩いている。奈緒は声をかけようとしたがかけられなかった。行き過ぎた後ろ姿を思わず振り返る。その後ろ姿はやがて街灯の奥にある闇の中に消えていった。

　恵子はホワイトシチューを作っていた。玄関から不機嫌な声で「ただいま」が聞こえた。

「おかえり」と声をかけたが、太一はダイニングには入ってこない。雰囲気が心配で廊下に出て、太一の部屋がある二階に向かって声をかけた。

「おかえり。なにかあったの？」

「別に」

　心配になって階段を上がり、太一の部屋の扉を開いた。

「どうかしたの？」

　太一は勉強机の椅子にうなだれて座っていた。

「別に何もないよ」

「様子が変よ」

　太一はため息をつく。

「トランペット吹きたい」

「えっ？」

「トランペットが吹きたい。買って」

「トランペットなんて、どこで吹くの」

「浜」

「ご近所迷惑でしょう」

「パパに習う」

　そう聞いて恵子の気持ちは沸騰した。離婚を考えている恵子にとって、太一が雄大と仲良くなるということは、ゆくゆく太一とも別れなければならないかもしれない。

「何言ってんの。パパには会えないでしょう」

「会いに行かないだけで、会おうと思えばいつでも会える」

「パパのほうがいいの？」

「そんなこと言ってない」

「パパのほうがいいならここを出て行くのね。ご飯も洗濯もパパにしてもらえばいいわ」

「そんなこと言ってないのに」

「だったらなんでトランペット吹きたいなんて言うの」

「ママのほうがいいけど……パパにもときどき会ってもいいでしょう」

太一はパパとママに優劣などつけたくなかったが、話の成り行き上そう言うしかなかった。

「だいたいトランペットなんて不良の吹くものよ」

「なんで？　前だってパパはトランペット吹いていたじゃないか」

「だからあんなふうになったのよ」

「あんなふうって、どんなふうさ」

「あんなふうよ。あんたにはわからないの！」

「楽しそうにやっていていいじゃないか」

「あんたの将来のこと考えたら、あんな遊んでばかりいられないはずよ」

「パパ、仕事だってしてるじゃないか」

「どうだか」

「ママはパパに会うと怒ってばかりで、パパだって困ってるよ」

「困ればいいのよ」

「なんでだよ」

「なんでも！　太一が受験だというのに、好きなことばかりして、それで親が務まると思っているのかしら」

「そんなことばかり言ってるからパパ逃げ出すんだよ」

「それが親の務めでしょう！」

「もっと楽しくしようよ」

「世の中そんなに甘くないの！　わかってないのよ」

9

翌日の夕方、太一が瞑想場に行くと、クサじいがひとりで座っていた。引き戸を開き、挨拶して入ると、クサじいは言った。

「何に困っているのだ」

「いや、別に……」

「そうか？　何かかなり弱っているように見えるぞ」

「瞑想しても何も変わらないし、なんか、かえって悪くなった気がする」

「そうか。どう悪くなったのだ？」

「腹が立つし、悔しいし、まわりの人たちが嫌なこと言うし……」

「なるほど。気分を害するようなことをきちんと受け止められるようになってきたのだな」

「えっ？」

「何に気分を害したのか、丁寧に話してご覧なさい」

太一は昨日の真樹とマスオとのやりとりを告げた。成り行き上、奈緒のことも話した。

「そうか。ではマスオの言ったことは図星だったんじゃな」

太一はため息をついてから「はい」と答えた。

「よくそれが認められたな。以前だったら知らないふりをして通したのではないか？」

太一は首を傾げた。

「中野君を今度ここに連れてきなさい」

「はい」

「それは瞑想のおかげじゃな。素直に物事を見ることができるようになった。以前なら恋敵《こいがたき》と仲良くなる訳にはいかなかったろう」

「まだ仲良くなっていません」

「ほほほ、そうじゃな。とにかくその中野君を連れてくることじゃ」

「それ、すごく嫌です。連れて来たくありません」

「なぜ」

「答えたくありません」

「答えるとすると、どういう答えじゃ」

しばらく考えて答えた。

「ボクは中野に勝ちたい」

「瞑想を教えたら勝てなくなるということか」

「違うの？」

「瞑想しようがしまいが、勝つときは勝つし、負けるときは負ける。いったい何に勝ちたいのじゃ」

「すべてにおいて勝ちたい」

「すべてにおいて勝つなんて、どうしたらできる？ 儂だって太一には若さで負ける。すべてにおいて勝つなんて不可能だ。そんな馬鹿な考えは捨てることだな。なぜすべてにおいて勝ちたいのじゃ」

太一はその質問に答えたくなかった。奈緒のことについてあまり触れたくなかった。だから黙っていた。

「どうした。答えたくないのか」

「人は誰でも勝ちたいもんだろう」

「しかし、すべてにおいて勝ち続けることはできない」

ふたりはしばらく黙っていた。クサじいが言った。

「自分が直面したくないことを隠すために一般論を持ち出すんじゃない」

不機嫌な顔をした太一はじっとクサじいを見つめてからうつむいた。

「ただまっすぐ見るのじゃ。いまは何を見るべきだ？」

「見ることなんて何もない。瞑想なんかなんの役にも立たないじゃないか」

「本当にそう思うのか」

　太一はまたうつむき言った。

「これが瞑想？」

「そうだとも言えるし、違うとも言える」

「そういう曖昧なところが嫌いだ」

「そうか」

「そうか、じゃなくて、ほかの答えはないの？」

「ない。太一は曖昧な答えが嫌いだ。それは儂が決めることじゃない。太一が嫌いだというのだから嫌いなのだろう。太一はそれを味わえばいい」

「味わう？　嫌いなんだから味わうわけないじゃないか」

「拒んだところで後回しになるだけで、いつかは味わうことになるぞ」

「そんなのやだ」

「そうだな、確かにやだな。しかし、仕方がない。自分を脱ぐ訳にはいかない」

「自分を脱ぐ？」

「加川さんが気になるならそのことに直面しない限り何も変わらない。一時しのぎで忘れても必ずあとで思い出す。中野君と加川さんときちんと話してみたらどうだ。だいたいふたりは本当に付き合っているのか？」

太一にはわからなかった。

「もしかしたら勘違いかもしれない。しかし、もし本当だったら……」

そう思うといてもたってもいられなかった。

「中野君をここに連れてくるんだぞ」

太一は不承不承《ふしょうぶしょう》「はい」と言った。

そこにマスオがやってきた。

「マスオ、クサじいの許可をもらった。中野をここに連れてこよう」

太一の豹変にマスオは驚いた。

翌日から瞑想に真樹も加わるようになった。はじめのうち太一は居心地が悪かったが、しばらくすると慣れた。真樹には奈緒についてのことは黙っていた。

ある日、太一は瞑想場での瞑想中におじいちゃんのことを思い出した。確か太一が四歳くらいのときに亡くなった。そのおじいちゃんが瞑想の中で何か語りかけてくる。よく聞くと烏帽子岩の話をしていた。

「烏帽子岩から願いごとを叫んで、茅ヶ崎の浜でそれが聞けたら、その願いごとは叶う」

太一は目を開いた。クサじいがその様子に気づき「どうした」と聞く。

「おじいちゃんがでてきて、烏帽子岩から叫ぶと願いごとが叶うって言っていた」

太一の言葉にクサじいは「そうか」と答えた。マスオと真樹には意味がわからなかった。

10

月のそばに明るく金星が光っている。夕焼けの浜辺で太一がぼうっとしていると、真樹がサーフボードを抱えてやってきた。

「オッス。浮かない顔だな。なにを考えているんだ？」

「ああ、ボクの願いごとってなんだろうって」

「奈緒ちゃんのことじゃないの？」

「えっ？」

「忍ぶれど色に出にけり我が恋は、ってね」

「なにそれ？」

「ものや思うと人の問うまで……ってさ。知らない？」

太一の心臓は高鳴った。

真樹が言った。

「俺は別に奈緒ちゃんと何でもないよ。昔からの幼なじみだ」

「それだけ？」

「それだけ。あいつ妙に大人っぽくてさ、一緒にいてもつまんねぇぞ」

太一はなんか拍子抜けした。

「あいつと付き合っても面白いとは思えないけど。本気なの？」

「わからない」

「そうか。否定はできないんだな」

「そうだね」

暗くなって見にくくなってきた烏帽子岩を見つめて、真樹は太一のおじいちゃんの話を思い出した。瞑想中に唐突に言われ、そのときは意味がわからなかったが、あとで太一から詳しく聞いていた。

「あそこから叫んだらどうなるだろう？　奈緒、好きだーって」

ふたりは笑った。そして一緒に言葉を発する。太一は「まさか」と、いっぽう真樹は「いいと思うよ」と。

それ以来太一は真樹とサーフィンをするようになった。ボードは真樹のを借りた。しばらくしてマスオも加わった。場所はいつもシュモクザメの脇だ。ボードにまたがり波を待っているあいだ、真樹はいろいろと教えてくれた。

「烏帽子岩に当たる波を見るんだ。外洋から来る大きな波はあそこに当たるから、いい波が来るときは烏帽子岩に白波が立つ」

「いい波が来るまでじっと待つんだ。待って待って、いい波が来たときにダッシュする。そうすればいい感じになる」

「波に巻き込まれたら海面がわかるまであまり騒がない。方向がわからないのに、やたらと泳いでいたら息が続かなくなるし、間違った方向に泳いだら浮き上がれなくなる」

「シュモクザメの前には出ない、本当に食われちまうぞ」

塾や習字、それに瞑想とサーフィン。太一は毎日忙しくなった。瞑想は別に義務ではなかったのでときどき休む。それでもクサじいは文句を言わなかった。丁寧に瞑想について教えてくれた。

三人はかなり瞑想に慣れてきたが、それでも雑念で一杯になることがある。太一は奈緒のこと、トランペットのこと、サーフィンのことがグルグルと頭の中を駆けめぐり、落ち着いて瞑想ができなくなったとき、クサじいが言った。

「雑念は頭を満たすものだ。雑念で一杯になったら、それを払うのではなく、そのままにしておきなさい」

太一が言う。

「雑念が一杯じゃ瞑想できないよ。雑念はなくさないと」

「雑念をなくそうとするとなくならない。雑念が来たらあきらめてしばらく一緒にいることじゃ。それができるようになったら、勝手になくなるようになる。そのときまではただ一緒にいなさい」

太一は黙ってその話を聞いたが、受け入れようとしてもなぜか受け入れられない。不快に思っているとクサじいはさらに続けた。

「雑念があるというのはありがたいことじゃ。それは世界とつながっているということじゃ。世界とのつながりが断たれれば人間は死ぬ。海からコップ一杯の水をすくい上げると、その水はしばらくして腐り始める。海にいたときは腐らないのになぜか海から切り離されることで腐るのじゃ。生命とはそういうものじゃ。どんなに無になっても、雑念が残る。それでいいのじゃ。瞑想すればするほど、いらない雑念は少なくなる。そして、それまで聞こえなかった『調べ』が聞こえてくるのじゃ。そうなるまで、ただ自分の思いと、雑念と一緒にいなさい」

11

第一セット前には客がまだ少ない。塾にはちゃんと休みの届け出をして太一はジャズ・ジラフに来た。マスターに挨拶してカウンターに座った。

「ちわっす」

雄大がトランペットのケースを片手に持ち、肩にもソフトケースをかけて入ってきた。いつも持ち運んでいるケースを下に置き、肩からソフトケースをはずすと太一の前に「ジャジャーン」と言って差し出した。

「うまくなったら自分でいいの買え。これは安物だからな」

太一はそれを受け取り、ジッパーをはずした。黒い合成皮革でできたソフトケースから銀色のトランペットが出てきた。雄大がケースのポケットからマウスピースを取り出し太一に渡す。太一はそれをトランペットに差し込み、吹いてみた。「シューッ」という変な音しか出て来ない。雄大が「貸してごらん」といい、シルバーのトランペットを構えた。バルブを素早く動かすとカタカタと管の固有振動音が微かに聞こえる。マウスピースに唇をあて音を出す。軽快なアドリブのフレーズが鳴り始めた。

「なかなかいいだろう」

雄大の言葉に太一はうなずいた。

ライブが始まっても太一はシルバーのトランペットを抱えたまま聞いた。自分がまるで吹いているかのようにバルブをカタカタと鳴らしながら。

第一セットが終わり、休憩の時間に太一は雄大に質問した。

「おじいちゃんが烏帽子岩から叫んだことがあるって言ってたよね」

「よくそんなこと覚えているな」

「この前ふと思い出したの。なんでおじいちゃんは烏帽子岩から叫んだの？」

「ああ、それはな、おばあちゃんへのプロポーズだったのさ」

「プロポーズ？」

「結婚してくださいって叫んだんだ。そのおかげで俺が生まれた」

「じゃあ、本当に烏帽子岩から茅ヶ崎の浜まで声が聞こえたの？」

「そういうことかな」

「パパは知らないんだ？」

「おじいちゃんはそうだって言ってたけどさ、あんなに離れているのに聞こえる訳ないよ」

「じゃあ、どうしておじいちゃんとおばあちゃんは結婚したの？」

「うーん、おばあちゃんは察しがよかったから、聞こえたことにして結婚したのかもしれないし……」

「えー、そうなんだ」

「いや、わからないけどね。本当に声が聞こえたんならすごいよな」

その晩、太一は母親にトランペットをもらったことを報告した。恵子は無表情に「勝手になさい」と言った。

小学校の授業が終わり、太一はうちからトランペットを持ち出した。西の空に夕日が沈み、丸い月が上がってきた頃、太一は浜辺に立っていた。トランペットを吹いても雄大のようにいい音は出ない。プスプスと音階を出すのが精一杯だ。サーフィンから上がった真樹がやってきて「よっ」と挨拶する。太一はトランペットで思いっきり大きな音を出してから満面の笑みで言った。

「烏帽子岩で叫びたくなった」

ふたりは笑った。

「いよいよ決行か」

「真樹も手伝ってくれるかな」

「いいけど、どうやって？」

そのとき、光の固まりが江ノ島のほうから烏帽子岩の上を通っていった。太一が指さして叫ぶと真樹もそれを見た。ＵＦＯだ。カク、カク、カクと何度か方向を変え、あっという間に飛び去った。

太一は「見た」とつぶやいた。ふたりの瞳は輝いていた。顔を見合わせ、ふたりで両腕を空に突き上げ、「マスオ！　見たぞ！」と叫んだ。

12

厚木航空基地ではサイレンが鳴り、未確認飛行物体が茅ヶ崎沖に飛行中であることが告げられた。第三航空隊のＰ－３Ｃが離陸準備を始めた。搭乗員として操縦士、副操縦士、対潜員二名、電子整備員、戦術航空士、通信員があわてて乗り込んでいった。

「またですね。最近どうしたんでしょう」

「わからん。一回や二回なら何か機器の問題かとも思うが、こう何回も未確認飛行物体が飛ぶなんて、何か理由があるんじゃないか？」

「しかもなんで茅ヶ崎沖から小田原あたりばかりなんでしょう」

「知らんよ。ＵＦＯに直接聞いてくれ」

管制官から離陸許可がおり、Ｐ－３Ｃは離陸した。

「未確認飛行物体の方向は？」

「現在探しています。二分程前にレーダーから消えました」

「二分前はどこにいた」

「そのときの様子をモニターに出します」

モニターにレーダーの画像が現われた。レーダー上の緑の光が一定ではない。光るたびに別の場所に現われる。普通の飛行物体は直線状、または方向を変えている場合は曲線状に光が移動していくものだが、その光は見るたびに予想していた場所とは別の場所に出てくる。茅ヶ崎上空から緑の光はランダムにあちこちに飛びながら、全体的には小田原に向かっていた。

「またか」

「非常な高速で方向を変えながら飛んでいるようです」

　搭乗者はみんなモニターを見つめた。

「どっちに向かって飛べばいい」

「計算不可能です。大雑把には小田原か南足柄市の方向に向かっているようですが」

「現在の目標物の位置は？」

「まだ現われていません」

　そのときレーダーに緑の光が灯った。

「見つけました。現在、不動山上空、南南西一〇キロ……待ってください。現在明星ヶ岳上空、いえ、今度は金時山上空。ああっ、明神ヶ岳上空……消えました」

「なんだそれは」

　操縦士は怒りを顕わにしたが、レーダーを見ることができる者は皆その状況に驚き、レーダーパネルを見つめるばかりだった。

13

　太一は朝教室に着くと、すぐにマスオのそばに寄っていった。

「昨日、真樹と一緒にＵＦＯを見た」

マスオはポカンとした顔をしたあとで「うそ」とつぶやいた。

「本当。烏帽子岩の上をピューって飛んで、カクッカクッカクッてあちこち曲がって飛んでいった」

「ひゃー、そりゃ見たかったな」

マスオは椅子の背もたれに寄りかかった。

「すごかったぜ、あんな飛び方、飛行機もヘリコプターもできるはずがない」

「いいなぁ。俺も見たかった」

「なあ、俺たちでＵＦＯ研究会を作らない？」

「いいねぇ」

「ＵＦＯの証拠を集めようよ」

「やろう、やろう。でも、証拠集めてどうするの？」

「マスオの父さんの潔白を証明するんだろう」

「ほんとう？」

「もちろん」

「でも、どうやって証拠を集めるの？」

14

太一は奈緒に近づきたいが、ほかの生徒の目が気になってなかなか近づけない。近づこうと考えるだけで心臓が口から出てきそうな気がした。何度か失敗したあとでチャンスがめぐって来た。どんよりと曇り、今にも雨が降り出しそうな日、下校時刻を過ぎ、奈緒が下駄箱の前にひとりでいるのを見つけた。心臓が高鳴るのを無視して駆け寄った。

「頼みがあるんだけど」

「なに？」

「今度の日曜の朝、シュモクザメのそばにいてくんないかなぁ」

「シュモクザメ？」

「浜にあるTバーのこと」

「ああ、Tバーね。なんで？」

「烏帽子岩から叫ぶから、それを聞いて欲しいんだ」

「ん？　なんでそんなことするの？」

「烏帽子岩から叫ぶと、願いが叶うって言い伝え知ってる？」

「えーっ？　聞いたことない」

「もし浜で誰かがその願いを聞けたら、その願いは叶うんだって。それをしたいから、浜で俺の声を聞いて欲しいんだ」

「なんて叫ぶの?」

「それを言ったら願いが叶うかどうかわからなくなっちゃうじゃないか。聞く人は、その願いを知らないで聞くのがポイントだろ」

「あ、なるほど。じゃあ、世界平和を願ってよ」

「それもなんで加川が知っているのに俺が叫ぶんだよ」

「あ、そうか、知らない人が聞かないと効き目がないのね」

「そうだよ」

「何時頃?」

「六時」

「朝早すぎない?」

「遅くなると人が増えて声が聞こえなくなっちゃうから」

「だったらもっと早いほうがいいんじゃない?」

「あんまり早いと夜明け前に烏帽子岩に行かなきゃならなくなる」

「あ、そうか」

「聞いてくれる?」

「面白そうね。いいわよ」

「じゃ、約束な」

太一は走ってその場を離れた。心の中では「やった、やった」と叫んでいた。

15

日曜日。朝四時半に太一は真樹の父親が経営しているサーフショップに行った。裏に回り真樹が出てくるのを待つ。烏帽子岩に行くためにサーフボードを貸すのはきっと反対されると思い、真樹は父親には内緒にしていた。真樹は太一の気配に気づき、肩をすくめて音が出ないようにして外に出てきた。「こっち、こっち」と指で示して庭に出て、隠していたサーフボードを持ち出す。ふたりで大きめのサーフボードを抱え、裏にあるお隣さんの庭を通って道に出る。そのまま海岸まで小走りで行った。もう空は明るくなってきた。

「烏帽子岩まで案外遠いぞ、平気か?」

「がんばるよ」

「背中のそれはなんだ?」

太一は背中に箱を背負っていた。

「トランペット」

幾重にも包んだトランペットを発泡スチロールの箱に入れてガムテープでグルグル巻きにして背負子《しょいこ》にくくりつけていた。

「これ」

真樹がダイバーズウォッチを出した。烏帽子岩で叫ぶとき、時間をどうやって知るかが問題だった。太一は海に入れるようなしっかりとした防水の時計を持っていない。たった一本持っている腕時計は生活防水だ。真樹が何本かある父親のダイバーズウォッチの一本を持ち出してくれた。それを腕にして、サーフボードをひとりで抱えて太一は海に入っていった。

「がんばれよ」

真樹の声に太一は手を振った。朝日に波が輝いていた。朝からいるサーファーたちと一緒に沖へと漕いでいった。

波乗りするようなところまでは楽に行けた。波が来るとボードごと潜り、波をやり過ごした。しかし、波が立つ場所より先はパドリングするのが次第につらくなっていった。まわりに人がいなくなると急に不安になる。腕は疲れるし、背筋は痛くなるし、サーフボードと胸がすれ、潮水が染みてヒリヒリと痛くなってきた。そんなに遠くないと思っていた烏帽子岩だが、実際に漕いでいくとなかなか近づけない。朝日がギラギラと照りだしてまぶしくなってきた。潮の流れも案外速い。疲れたと休むと流されてしまう。ダイバーズウォッチを見るともう五時二十分を過ぎていた。

「間に合うかなぁ」

心細くなってきたがやめる訳にはいかない。とにかく漕いだ。五時五十分に烏帽子岩に着いた。船で渡ってきた釣り客が小さな来訪者を見ている。波が当たってなかなか烏帽子岩に近づけない。近づいてもつかむ場所がない。なんとか上にあがりたいが上がられないでいた。見かねた釣り客が竿を出して「つかまれ」と言う。竿をつかんで岩に近づくと何人かの釣り客が手を貸してくれた。

「お前、ちっちゃいのにこんなところまで何しに来た」

「サーフボードでよく来たなぁ」

太一が礼を言うと、釣り客はそれぞれ自分の釣り場へ戻っていった。時間は五時五十六分。あわてて発泡スチロールのガムテープを剝がし、中からビニール袋に包んだトランペットを出した。マウスピースをつけ、吹く準備をする。

茅ヶ崎の浜ではシュモクザメの上で奈緒が双眼鏡を覗いていた。足下には飼っている柴犬のコロが落ち着かない。キョロキョロとまわりを見まわしている。シュモクザメの岩の組み方は隙間が大きいので、連れてこられない限り犬は近づかない。真樹はシュモクザメから離れた浜で様子をうかがっていた。寝坊して遅れたマスオは海岸に向かって走っていた。

六時。太一はトランペットを吹き鳴らす。まわりの釣り客は驚いた。ひとしきり吹くと叫んだ。

「ＵＦＯの証拠を見つけるぞ！　ＵＦＯの証拠を見つけるぞ！　ＵＦＯの証拠を見つけるぞ！」

奈緒は双眼鏡でその様子を見ていた。太一がトランペットを吹き、口元に手をかざして何事か叫んでいる。何と叫んでいるのか口元を見たくて双眼鏡の倍率を上げると、手ぶれで見にくくなる。倍率を下げると口元がわからない。耳を澄まして、目をこらして、太一の叫ぶ言葉を聞こうとした。

烏帽子岩では太一が、何度か「ＵＦＯの証拠を見つけるぞ！」と叫んだあとに「加川奈緒、大好きだ！」と叫んだ。

「ＵＦＯの証拠を見つけるぞ！」と叫んでいるのを見て釣り客は「迷惑だからやめろ」と怒鳴ろうとするが、怒鳴ったら魚が逃げるかもしれないので何人かが太一に近づいてきた。しかし、「加川奈緒、大好きだ！」と叫ぶのを聞いて、立ち止まり、くすくす笑う。釣り客たちは仕方ない奴だなぁとそれぞれの持ち場に戻り、いつか終わる絶叫ショーに黙って耐えた。

真樹には太一の声は聞こえなかった。波の音とときどき聞こえる鳥の声。それだけだった。マスオはまだ海岸をシュモクザメに向かって走っている。

奈緒は双眼鏡越しに思いっきり叫んでいる太一を見続けていた。足元にいる滅多に哭《な》いたり吠えたりしないコロが、聞こえるはずのない太一の声に合わせて遠吠えする。見ているうちに手が震えた。なぜか胸が高鳴った。

第二章　瞑想とＵＦＯ

サンフランシスコに住む少年マット・クレモンは、ゴールデン・ゲート・ブリッジの見える丘で絵を描くのが好きだった。橋の鉄筋ひとつひとつが細かく描かれた絵は、見る人すべてを驚かせた。橋の上を走っている車を一台一台丁寧に描くこともあった。しかし、遠くを走る車をそれほど精密に描けるはずがないので、誰もが空想で描いているものだと思っていた。ところがある日、橋の上で追突事故が起きた。肉眼ではほとんど見えるはずのないその事故の様子をマットは細かく絵にしていた。

その日の晩、その絵を母親に見せると、母親は顔をしかめた。事故の状態を空想するなんて、あまりいい趣味とは言えない。その絵を見ながらなんと言って注意しようかと考えていたとき、テレビのニュースショーにマットが描いた絵とまったく同じ光景が映し出された。母親は動揺してスケッチブックを落とす。床に落ちたスケッチブックは別のページが開いた。そこには太一、マスオ、真樹、クサじいの顔が描かれていた。

1

シュモクザメの頭の形をしたTバーの東側の浜に、ライフセーバー「Tバーズチーム」の監視所がある。北原孝介はいつものように早朝から双眼鏡でサーファーの監視をしていた。今野宏一は椅子に座って机に脚を投げ出し、ポテトチップスを食べながらあくびをしている。

「昨日のデートはどうだった？」

孝介の問いに宏一は答えた。

「ＳＦ映画見た。陳腐だよな、今となっては地球征服ものは」

「どんな話なの？」

「宇宙から謎の球体が来るのさ。そこからひとりの男が降りてきて、地球人がおこないを改めないと抹殺するって言うんだ。地球の他の生物を守るためにね」

「面白そうじゃん。でも、ちょっと待って……。なんかあいつ変だぞ。烏帽子岩のほうへパドリングで行っちゃったよ」

孝介は双眼鏡で太一を見つけた。

「背中に怪しい箱のようなものを背負っている。なんだろうあれ？　しかも子供っぽいよ。烏帽子岩に上がろうとしてるようだ」

宏一は立ち上がり「見せて」と言って孝介から双眼鏡を受けとり覗いてみた。

「どのあたり？」

「Ｔバーから烏帽子岩に向かって一直線に進んでいる。もうすぐ烏帽子岩に着くあたり」

「ああ、あれか。確かに子供だな。平気かな？」

「しばらく様子を見るか」

「海に落ちて間に合わなくなったら困るぞ」

「行くか」

孝介は携帯電話を取り、仲間に電話する。

「まちゃみ、おはよう。子供がサーフボードで烏帽子岩に向かっているんだ。いまのところ平気だと思うけど、何かあると大変なんでゾディで様子見てくるから、監視所にすぐ来てくれるかな。ガンちゃんあたり起こして一緒に頼むよ。もう行くから、よろしく」

砂浜のゾディアックボートをふたりで引きずり浜辺から乗り込んだ。朝の風が気持ちいい。

「この朝っぱらから烏帽子岩で何するつもりだ？」

「どうせ海老でも獲りに行ったんだろう」

「まったく最近のガキは」

烏帽子岩にはすでに太一が上がっていた。銀色のトランペットを出し、音を出していた。

「あいつ何してんだ？」

「トランペット吹いてるよ」

「なんか叫びだしたぜ」

「なんて叫んでる？」

エンジン音がうるさくて聞こえなかった。ボートが近づくと太一は叫ぶのをやめた。

「おい、坊主、なにしてんだ？」

太一はボートのふたりの相手をしていては叫べなくなると思い、再び叫びだした。

「UFOの証拠を見つけるぞ！　UFOの証拠を見つけるぞ！　UFOの証拠を見つけるぞ！」

加川奈緒、大好きだ！」

「こいつ頭がおかしいんじゃないか？」

「保護しよう」

孝介と宏一は烏帽子岩に上がろうとする。しかし、つかまる場所がないためになかなか上がれない。岩の上では太一が大声で叫んでいる。

「UFOの証拠を見つけるぞ！　UFOの証拠を見つけるぞ！　UFOの証拠を見つけるぞ！

加川奈緒、大好きだ！」

孝介が上がり、宏一に手を貸す。ふたりで太一に近づいた。

「おい、なにしてるんだ」

太一は答えた。

「茅ヶ崎の浜に向かって叫んでいる」

「叫んでどうするんだ？」

宏一が尋ねると太一は怒ったような顔で答えた。

「願いを叶えるんだ」

「叫ぶと願いが叶うのか？」

「そう」

「女の子のこと好きだって叫ぶのはわかるけど、ＵＦＯの証拠は無理だろう」

宏一の言葉に孝介も笑った。太一が言う。

「この前ＵＦＯを見たし、絶対ＵＦＯは飛んでいる」

「まさか。さ、ここは危険だから帰ろう。ボートで連れて行ってやるよ」

「最後にもう一回叫ばせて。まだ聞こえてないかもしれないから」

「えっ？」

孝介は防水の双眼鏡で茅ヶ崎のほうを見た。太一が聞く。

「シュモクザメの上に加川奈緒はいるかな？」

「シュモクザメ？」

「Ｔバーのこと」

「ああ、Ｔバーか」

Ｔバーに双眼鏡を向けると、すぐにＴバーの上にひとりの女の子が立っているのを見つけた。

彼女も双眼鏡でこちらを見ている。

「いたいた、向こうもこっちを双眼鏡で見てるよ」

「本当？　双眼鏡貸して」

太一の勢いに孝介は双眼鏡を渡す。太一はじっとシュモクザメに向かって目を凝らす。奈緒を見つけた途端、太一は思い切り空いている手を振りだした。すると奈緒も片手を振りだす。

「聞こえるかー」

　太一が叫ぶが奈緒の声は聞こえないし、叫んでいる様子でもない。ただ手を振っている。

「聞こえないのか」とつぶやき太一は双眼鏡を孝介に返す。そして足下に置いていたトランペットを取り、吹き出した。その音はまるで子象の叫びのようだった。宏一はすぐにトランペットを取り上げた。

「なにすんだよ」

「釣り客に迷惑だから、もうやめろ」

　太一が釣り客のほうを振り向くと、様子をうかがっていた釣り客たちは、別の方向に視線をそらした。

　サーフボードやトランペットを積み込み、ゾディアックで茅ヶ崎へ向かった。

「本当にＵＦＯが飛んでいると思ってんのか？」

　宏一の言葉に孝介がつっこむ。

「ＵＦＯってのは未確認飛行物体だから、確認が取れない飛んでいるものはみんなＵＦＯなんだ。君が証拠をつかみたいのは、空飛ぶ円盤とか宇宙人が乗っている乗り物の証拠をつかみたいんだろう？」

「うん」と太一は答えた。

「実際に見たって言ってたよな」

宏一の問いに力なく答える。

「うん」

「どこで見たんだ」

「茅ヶ崎の浜で、烏帽子岩の上を飛んでいた」

「うそー」

孝介と宏一が同時に同じ答えをした。孝介が聞いた。

「どんな円盤だったの？」

「光のかたまりみたいだった」

浜に着き、監視所に行くと名前と住所を聞かれた。「もう二度とあんなことするなよ」と言われたが、太一は黙っていた。

解放されてシュモクザメに向かって歩いていく。手前の浜で真樹とマスオに会った。真樹は「聞こえなかった」と言った。マスオは寝坊して六時に遅れたそうだ。シュモクザメの上にはもう奈緒はいなかった。真樹は言った。

「聞こえなかったということは、太一が叫んだ願い事は叶わないってことか？」

マスオはムキになって言う。

「願い事が聞こえなかったからって、必ず叶う訳ではないというだけで、もう絶対叶わなくなったということじゃないだろう」

「マスオがいたら聞こえたかもしれないしな」

太一は寝坊したマスオに恨みがましく言った。マスオは声を裏返して反論する。

「そ、そんなこと言うなよ。俺だって好きで遅刻したんじゃないんだから」

「好きで遅刻されてたまるかよ。お前の父さんのためだろう」

真樹もマスオを責めた。マスオはさらに裏返った声で応えた。

「だって母さんが日曜だからって目覚まし時計を止めていたんだもん」

いまにも泣きだしそうだったので太一も真樹も黙った。

後ろから誰かが近づいてくる気配を感じて、太一は振り返った。そこには奈緒が立っていた。

「坂野君、お疲れさま。ライフセイバーの人たちに助けられたの？」

「ああ、でも助けられたってより、捕まったってほうが正しいかな」

「ふふ、残念ね。古川君は、どうかしたの？」

「マスオは遅刻したから太一の声を聞き取ることができなかったんだ」

真樹が答えた。

「真樹君も聞こえなかったの？」

「ああ……」

奈緒はちょっと得意げに微笑んだ。

「私は聞いたわよ」

「えっ！」

太一、マスオ、真樹が声をそろえて驚いた。

「ＵＦＯの証拠を見つけるのね」

三人は互いに向き合って歓声を上げた。

「ほかにも何か言っていたみたいだけど、それは聞こえなかった」

太一は急に勢いを失った。マスオが言った。

「ほかに何を言っていたんだ？」

真樹は黙っていた。太一は取り繕うように言った。

「ほかには別に、何も言ってないよ」

「アハン？」

マスオはそれとなく何を言っていたのか察した。

太一には奈緒がよそよそしく感じられた。

「今度は私以外の人をＴバーに呼んで、世界が平和になりますようにって叫んでよ」

奈緒の願いを聞いて太一は一瞬返事に困った。

「いまライフセイバーのお兄さんたちと、もうあんなことはしないって約束させられたから、しばらくしてほとぼりが冷めてからな」

太一の言葉に奈緒はうなずく。

「でも、世界平和って、話が大きすぎないか?」

　真樹の言葉に奈緒は応える。

「そうかもしれないけど、そうなってほしいじゃない。私ね、イスラエルとパレスチナの子供たちに会ったことがあるの。従兄弟のお兄さんがNPOのボランティアをやっていて、そこで日本で十日くらい合宿していたイスラエルとパレスチナの子供たちと仲良くなったの。はじめのうちは両方とも仲良くなかったけど、一緒に暮らしているうちに仲良くなったのね。そして、別れる頃には本当に気持ちが通じ合うようになって、別れたくないって泣き出す子もいたの。そのときは実際にそんなに仲良くなれることがうれしかった。だけど、イスラエルとパレスチナはつい最近また戦闘状態になって、双方にかなりの被害者が出たでしょう。なんでそうなるのか理解できないのよ。あんなに仲良くなったはずなのに……。いまは連絡もつけられない。きっと他の地域でも仲良くなれるはずの子供たちがかたき同士にされて苦しんでいるんだと思うの。それを大人たちにやめて欲しいの」

　三人は黙っていた。太一が顔を上げて言った。

「今度烏帽子岩に行ったら、世界が平和になりますようにって叫ぶよ。誰かそのことを知らない人をシュモクザメに連れてきてな」

　奈緒は太一の言葉がうれしかった。四人はうなずき合った。

2

真樹の父親中野隆史は「サーフショップ・アヌエヌエ」を経営しホームページを持っている。将来的には真樹にもネット環境が必要になるだろうとメールアドレスを与えていた。ペアレンタルコントロールをかけているので、変なサイトは見られないようになっている。真樹は見られる範囲で、時間があればネット・サーフィンしていた。「UFO研究会」を立ち上げるにあたり、真樹はブログを作ろうと提案する。太一とマスオは「かっこよさそう」ということで了解するが、実のところブログというものがよくわかっていない。授業でホームページが何かは教わっていた。

「ブログってのはつまりホームページのことだろう」

太一の知ったかぶりに真樹は応えた。

「まあホームページの一種だけど、もっと文章や写真が簡単にアップロードできるんだ。それから、ホームページをアップロードするには同じPCを使わないと面倒だけど、ブログならネット上の操作パネルにさえ行けば、どんなPCからでも書き込みできるから便利なんだ」

太一とマスオはよく理解できなかったので口を真一文字に結んで「んーっ」とうなっている。

「ま、とにかく便利なんだろ」

太一の声にマスオはうなずいた。真樹も「まっいいか」という気になった。これ以上説明しても面倒になるだけだ。

「ネットで調べたんだけど、ＵＦＯ研究会って、たくさんあるんだ。俺たちの研究会は俺たちなりのなんか特別な名前をつけないと、ほかの団体と区別できなくなる。どんな名前にする？」

真樹の提案にふたりは「んーっ」と考え出すが、なかなかいい案が浮かばない。「茅ヶ崎ＵＦＯ研究会でいいんじゃないか」と真樹が言う。すると太一が「烏帽子岩ＵＦＯ研究会はどうだ」と言った。それを聞いたマスオは「そりゃダサい」と言う。それを聞いて太一はムキになった。

「えぼいわＵＦＯ研究会……ＵＦＯ研究会エボー……烏帽子ＵＦＯ研究会……ＵＦＯ研究会えぼし……」

次々と名前を繰り出すが、みんないまいちだ。マスオが言った。

「茅ヶ崎ＵＦＯ研究会で決まりだな」

「えー、烏帽子岩入れたいな。えぼっ、えぼっ……えぼし……」

「見苦しいぞ武蔵、いい加減に観念せぇ」

「言うな小次郎」

マスオが太一の頭を叩いた。

「太一、古い」

「古いところに味がある。古い女房にゃシワがある」

「太一、乗りすぎ」

「茅ヶ崎ＵＦＯ研究会で決まりな」

翌日、学校のパソコン室に三人はしのびこむ。真樹がインターネットにつながったパソコンを立ち上げる。

「こんな感じにしたよ」

画面に現われたブログのトップには、「茅ヶ崎ＵＦＯ研究会・ＣＵＫ」と書かれ、烏帽子岩の上を飛ぶＵＦＯが描かれていた。

「かっこいい」

「よくこんなの作れるな。俺にも教えてくれよ」

真樹はふたりに言った。

「茅ヶ崎ＵＦＯ研究会の先頭のアルファベットを並べて通称をＣＵＫとした。読み方は『クク』かな。それから、父さんに頼んでメールアドレスを作ったから、ふたりとも今日からメールが使えるぞ」

ふたりは喜んだ。でも、メールをするためのコンピューターがない。

「うちに来れば貸してあげるよ。それから、図書館とか、ネットカフェとかでも使えるし、ここでも使える」

ブログへのログイン方法とメールの使い方を真樹から教えてもらい、これからどうするかで三人は盛り上がった。そのとき教室前方の扉が開く。顔を上げると五年一組の恐い担任ガニユタだ。本名は佐藤裕太。昔柔道をしていたのでがに股で歩く。がに股の裕太でガニユタと名付けられた。もちろん本人は知らない。太一とマスオはあわてて教室後ろの出入り口から逃げたが、真樹はブログをログアウトして、ＰＣをしまおうとする。

「おい、何してるんだ」

「いや、コンピューター借りてました」

「許可はちゃんと取ったのか？」

真樹はガニユタに捕まってしまった。

3

真樹が釈放されたあと、ひさしぶりに四人がそろって瞑想場で瞑想した。いままでは三人ともかなり深く瞑想できるようになっていた。雑念の中にはっきりと、雑念ではくくれない何かを感じるようになっていた。瞑想をしている三人をそのままに、静寂の中でクサじいが語りはじめる。

「どれが雑念でどれが違うものか、お前たちはもうわかりはじめたな。次にすべきことは、瞑想で感じたことと現実がどのように響き合っているのか、それを味わうことじゃ。それが感じられれば、瞑想の深い意味が降りてくる。知ろうとするんじゃない、降りてくるまで待つのじゃ」

ガラガラッと瞑想場の引き戸が開けられた。そこには太一たち三人の見知らぬ男が立っていた。

「父さん、こんな子供にいかがわしいこと教えないでよ」

クサじいは眉をひそめて応えた。

「なにを言っておる」

「こんな子供に瞑想なんか教えて、なんの役に立つんだい」

「バカなことを言うんじゃない」

「瞑想なんかなんの役にも立たない。時間の無駄だ。ひとりでやっているならまだしも、いたいけな子供まで巻き込んで、申し訳ないと思わないのか」

クサじいは頭《かぶり》を振った。

「まだ恨んでいるのじゃな」

「だから、それは違うって」

「じゃあ、どう違うのか説明してくれ」

「説明も何も、役に立たないから役に立たないと言ってるんだ」

「だから、お前が役に立たないと決めたのは、柔道の試合が理由だろう。お前はいくら瞑想しても柔道の試合には勝てなかった。それをお前は瞑想のせいにした」

「違う！　瞑想をすれば上達すると言っていたのに、いっこうにうまくなれなかった。それはなぜだ」

「馬鹿者、柔道が下手だったからに決まっておるだろう」

「瞑想したからって何かいいことがあるのか！　母さんは寂しく死んでいったし、この道場だってつぶれたじゃないか！」

「それは、関係ないことだ」

「きみたち、僕はそこの老人の息子だ。湘南大学で理学部の准教授をしている。自分の妻を不幸にし、経営していた柔道場をつぶし、息子に軽蔑されている男の話すことと、私の話と、どちらを信じる？」

太一たち三人は黙って事の次第を見てきたが、なんと答えればいいのかわからなかった。

「子供たちに瞑想を疑わせるようなことは言うな。やっと彼らはつかみつつある。猿虎《さるとら》とは違うのじゃ」

息子だという男はクサじいのことをにらんだ。しばらくにらみ続け、その場を去った。

太一が聞いた。

「クサじいの子供？」

「そうじゃ」

「なんであんなに怒っているの？」

「儂がダメな父親だったからじゃろ」

「ダメな父親だったんか？」

「そうだな。はじめから立派な父親なんて、そうはいない。子供を育てていくうちに父親になっていくものじゃ。それに瞑想の意味もいまほどにはわかってなかった」

マスオが聞いた。

「猿虎って名前なの？」

「ああ、儂の名前が龍馬。龍と馬だ。両方とも干支《えと》じゃろ。そこで息子にも干支からふたつを選んだ。なかなかいい組み合わせがなくてな、猿虎に落ち着いた」

「猿虎もいい組み合わせとは思えないよ」

マスオは思ったままを口にしたが、言ってからしまったと思った。

「それも儂を恨んでいる理由かもしれぬな」

クサじいは寂しげに言った。

「このまま瞑想を終えたら心が曇ったままだな。平常心を取り戻すために、もう少し瞑想しよう」

四人は黙って目を瞑《つむ》った。

瞑想が終わり、礼をして帰ろうとする三人をクサじいは呼び止めた。

「どうやら儂の心と現実が響き合っておる。太一、これから儂をご両親に会わせなさい」

「なぜ？」

太一の問いにクサじいが答えた。

「今晩、太一のうちに泥棒が入る。それを阻止するために準備しなければならない」

太一は驚いた。真樹が言う。

「どうすればいい？」

「真樹とマスオは帰っていいぞ。相手は大人だ。儂と太一のご両親で捕まえるから平気だ」

クサじいの言葉に安心して、マスオと真樹はそれぞれの家に帰っていった。

4

太一の家では恵子が夕飯の準備をしていた。普段どおり太一は帰ると「お腹減った」と言ってダイニングに入ってくるものと思っていた。しかし、玄関から恵子を呼んでいる。エプロンで手を拭きながら「どうしたの？」と玄関に出て行くと、見知らぬ作務衣の老人が太一と一緒に立っていた。恵子は怪訝な顔をして「どなた様ですか？」と問う。

「近所の友達」

「こんな年配のお友達がいるの？」

クサじいがニッと笑った。恵子も頭を下げながら横目で様子をうかがい、愛想笑いをした。

ダイニングでクサじいは話し始める。

「実は、お宅に今晩、泥棒が入ります」

恵子は驚いた。泥棒に入られるかどうかの前に、目の前の老人のほうが怪しい。

「なぜそんなことがわかるんですか？」

「いや、それが、なかなか説明が難しいんですが、なぁ」

クサじいは太一に目配せをする。

「そ、そうなんだよ、この草川さんはいろんなことがわかるんだ」

「占い師か何かなさっているのですか？」

「占いというほどではありませんが、まあときどき頼まれればそのようなことをしないわけではありません」

「まさか、あとでたくさんお金を払わなければならないとか……」

「そんなことはありませんよ。これは友達の太一君のためだと思って言ってるのです」

「はあ、でも、泥棒が入ることがわかるなんて、あり得ないと思いますが」

「まあ、常識的に考えればそうですすよね」

「そうです」

「さて、どういたしましょう」

クサじいは目を瞑った。恵子はその様子を不安に感じる。「どうかなさいましたか？」と聞くとクサじいは片手を上げてさえぎった。そのまましばらくじっとしている。

何秒たっただろうか。恵子の「あの」と言う言葉でクサじいは目を開いた。

「このうちに太一君のお父さんが保管している世界文学全集がありますね。その中にセルバンテスの巻があるはずです。その三六四ページと三六五ページのあいだに古い聖徳太子の描かれた一万円札がはさまれています。確認してみてください」

怪訝な顔で恵子は雄大の部屋に入り、本棚にある世界文学全集のセルバンテスの巻を手にとった。何十年もそこにあったかのようにうっすらとホコリをまとっている。長いあいだ誰もその本に触ってはいない様子だ。ケースから出して三六四ページを開くと、聖徳太子が印刷された古い一万円札が出てきた。恵子の頭には様々な考えが渦巻いた。「あの老人が自分の家にいつか侵入したのだろうか？」「ずっと昔に雄大の知人だったのだろうか？」「もしかして本当にいろいろなことがわかるのだとしたら、あのことも、このことも、わかってしまうのだろうか？」

恵子は青い顔をしてダイニングに戻ってきた。ダイニングではサザンの「希望の轍」が鳴り、クサじいと太一が踊っている。クサじいも太一もこれから泥棒が入りそうだという緊張感がまったくない。咳払いをすると、ふたりはやっと恵子が戻ってきたことに気づいた。恵子は言った。

「泥棒が入るかもしれないというのに楽しそうですね」

クサじいは皮肉など気にせず「信じてもらえましたか」と言う。恵子はめまいがした。見知らぬ老人が知らないはずのことを言い当て、しかもこれから泥棒が入ると言いながら、太一とダイニングで楽しそうに踊っているのだ。どういう感情で目の前の出来事を受けとめればいいのか。

「まずは太一君のお父さんを電話で呼び出してください」

クサじいの言葉に恵子は「なに言ってるの」と叫びたかった。それをグッとこらえ、冷静を装って言った。

「うちの主人とは現在別居中ですの」

「しかし、泥棒が入ってくるんですよ。老人と女性と子供で、どうやって対処するんですか」

「じゃあ、警察を呼びましょう」

「警察に儂の言うことが理解できるはずがない。警察署で取り調べられているあいだに泥棒はいろいろと盗んでいきますよ」

「じゃあ、どうしろと言うんですか」

「だから、ご主人を呼びなさいと申し上げている訳です」

クサじいと恵子はしばらく睨み合った。恵子は目をそらし「それはできません」と言う。廊下のほうから太一の声が聞こえてきた。いつの間にか席を離れ、電話している。

「パパ、今晩忙しい？　ちょっと頼みがあるんだ。すぐにうちに来てくれないかな……今晩うちに泥棒が入りそうなんだよ……うん……うん……」

恵子は太一に近づき「何をしてるの！」と叫ぶ。太一は「パパがもうすぐ来てくれるって」と言って受話器を置いた。「なぜみんな勝手なことをするの！」。恵子は叫びだしたい衝動に駆られていた。いっぽう目の前の太一と老人はなんだか少し楽しそうにしている。それが恵子のイライラをさらに募らせた。

しばらくして、玄関の外には雄大が立っていた。一年以上家に戻っていないので、なんと言って入っていけばいいのかわからない。「ただいま」とか「おじゃまします」とかささやいては首をひねっている。「こんばんは」「ちわっす」「あの……どうも」。いい案が浮かばなかったが、そのとき玄関が開いた。中から太一が飛び出してくる。太一は雄大に抱きつき「おかえり」と言いながら甘えるように体を揺らす。

「おう、ただいま。ママは？」

「中だよ」

雄大が玄関から入ろうとすると、そこに恵子が立っていた。気まずい空気が流れたが、雄大は「ただいま」と言った。恵子は不承不承「お帰り」とささやいた。

雄大は恵子の説明もクサじいの話もすぐに理解した。

「ときどきそういう理解不能な人っていますよね。僕も二、三年前に会った女性が、会ってまだ数時間しかたっていないのに、あなたの家の間取りがわかりますって言うんだよ。まさかと思って描かせたら、見事にうちの間取りを描いていくんだよ。ここが玄関、ここが大きな窓、ここがトイレ、ここがお風呂ってさ。もうびっくりしたよ。もちろんその女性は僕がどこに住んでいるかなんて知らないんだよ。それ以来、そういう話、疑っても仕方ないなって気になった。それで、今晩はどうすればいいの、草川さん」

「さて、どうしましょうかな」

クサじいはあごに手を当てて考えた。

5

深夜、茅ヶ崎の街はひっそりと静まりかえる。一三四号線沿いは夜遅くまで若者たちが車を走らせにぎやかだが、一歩住宅街に入ると地方の街と変わらない。ときどき遠くからオートバイの音がする。太一の家は住宅街の奥まった場所にあり、深夜になれば住人以外誰も近づかない。そこに人影がひとつ、闇の中を過ぎていく。その人影は迷うことなく太一の家の六畳間の窓に張り付き、透明なテープをガラス窓に貼り、その上に長い釘をあてがって金槌で叩く。手には外科手術用のゴム手袋をしている。鈍い音とともにガラスには小さな穴が開き、釘の先にあったサッシのロックが押されて開く。大きな音が出たのでしばらく黙って様子を見る。誰も来ないようなのでロックがはずれたサッシの窓を静かに開け、人影は部屋に入りサングラスをはずし内ポケットにしまった。暗さに目を慣らすため、外ではサングラスをかけていた。部屋の中をうかがい、人の気配がないのを確かめて廊下に出る。

その瞬間、足を滑らせて倒れてしまう。あわてて床に手をつくがその手も滑る。「しまった」と思うより早く、布団がドカドカと落ちてきた。そして布団の上に何か重いものが乗る。床と布団にはさまれて、泥棒は床いっぱいに油がひかれているのに気づく。動きたくても動けない。

「誰だ、上に乗っているのは！」

泥棒は床に押しつけられた口をゆがめながらやっと言葉を発した。布団の上にはクサじいと雄大、そして恵子が乗っている。雄大が言った。

「誰だ、じゃないだろう。ここは俺様の家だ。お前こそ誰だ！」

泥棒は力を振り絞って動こうとするが、布団の上から思いっきり叩きつけられた。

「下手に動くと痛い目に遭うぞ。観念することだな」

「くそう」

泥棒はゆがんだ口で声を出し、切れ切れに息をする。

「警察が来るまでこのまま我慢するんだな」

「くそーう、ちくしょー」

布団の下からくぐもった声が聞こえていた。目を半眼に開いたクサじいが不自然に高い声で話し始めた。

「よしかず、お前まだこんなバカなことしてんのか。いい加減にしなさいって何度言われたんだ。お前のことは父さんもあの世から心配してるぞ、よしかず」

布団の下の声がしなくなった。

「お前は本当はいい子なんだ。気が弱いだけだ。それがどうした、一度道を踏み外したら、もうもとには戻れなくなって。思い出せ、間違って罠にかかった猫を助けたことがあったろう。お前がひとりでは罠をはずせないって、雪山の中を走って街まで出て、助けを求めたことがあったろう。あのときの優しさはどこへ行ったんだ。思い出せ」

雄大と恵子はクサじいの様子を黙って見つめた。クサじいの声はどこかの優しい母親の声だった。

「父さんが入院していたときも、お前は母ちゃんの分も頑張るっていって、新聞配達をしてくれたろう。あのときの優しさはどこに行った?」

クサじいは手で雄大と恵子を布団から降りるようにうながした。布団を一枚ずつはいでいくと、そこにうつぶせになった小太りな泥棒が、肩を震わせて泣いていた。

「すぐに警察を……」

携帯電話を取り出した雄大をクサじいは制し、口元に指を立てて静かにしていろと伝えた。

クサじいの問いに泥棒は泣き声で答えた。顔は鼻水と油でグジョグジョだった。名前を聞くと「かとうよしかず」だと答えた。

「事情を話してごらん」

「事情なんて話すことはございません。私がワルいんです。申し訳ございません」

男はその場で土下座した。

「わかった、わかった。でもほら、いろいろと事情があるんだろう。話してごらん」

男は少し顔を上げ、それでも両手は前についたまま言った。

「ありがとうございます。ヒック。十年ほど前に事業に失敗しまして、お金に困っていたところ、ある方に助けていただいたんです。それから何年かして、その方が罠にかけられて困っているというので、私が代わりに服役させていただいたんです」

雄大と恵子は「えっ」と思った。

「刑務所に入ったんだね」

「はい。刑期が終わり娑婆《しゃば》に出てきて、一度は働こうとしたのですが、なかなか雇ってもらえなくて、またその方のお世話になったのですが、また失敗してしまって。損失補塡をしなければならなくなったんです。すみません」

男は再び土下座していた頭を深く下げた。

「だからって泥棒はいかんだろう。なんでこのうちを選んだんだ」

「父親がいないようでしたし、ここの子供がまだちっちゃいのにサーフィンしていて裕福そうに見えたので……」

泥棒は頭を床に着けたまま話した。

「謝られてももう遅いよ。警察呼ぶから」

雄大をさえぎってクサじいは

「この人は私が預かる。だから警察は呼ばんでくれ」と言った。

「そりゃダメですよ。罪は罪。きちんと警察を通して償ってもらわないと」

「まあ、待ちなさい。ここは儂の顔に免じて、警察には伝えないでやってくれ。このままではまたこの人は同じことをするだろう」

「あとで困るかもしれませんよ」

「いや、困ることはない。たとえ困ってもいいから、な、頼むよ」

「まあ、そこまでおっしゃるなら。しかし、草川さん、あなたって方は、本当に不思議な方ですね」

「すまぬなぁ、迷惑ばかりかけて」

その頃、太一は二階で寝ていた。

午後十時を過ぎると起きていられなかった。

6

マスオが朝学校に行き、席に着こうとしたが椅子が動かない。背もたれをつかんで思いっきり動かそうとしてもびくともしない。強力な接着剤で床に貼り付けられていた。思いっきり蹴飛ばすと椅子は飛んでいったが、タイルがはがれて椅子の足にくっついていた。

この事件以来、マスオは誰かにいたずらのターゲットにされた。あるときは椅子に座ったら激痛が走ったので、立ち上がるとお尻に画鋲が刺さっていたり、机の中にしまっていた教科書やノートが給食で出たジャムだらけになっていたり。きっとセイジたちがやっているのだと思い文句を言ったが無視された。しかも、それ以降いたずらがさらにひどくなった。見かねて太一と真樹も一緒になって、放課後にセイジ一派と体育館裏で話をした。

「マスオになんでいたずらするんだ」

太一に向かってゲタが答える。

「俺たちがいたずらしたってどこに証拠があるんだよ」

真樹が言った。

「お前らがいたずらしたのを見た目撃者がいる」

「どこに？」

ゲタが目をむいて怒っている、その様を真似して太一が言う。

「いまここにはいねぇけど、今度連れてきてやるよ」

ゲタはさらに大きく目をむいた。

「おお、連れてきてくれよ。それまでは俺たちだという証拠はねぇんだろ」

太一も負けずにさらに目をむいた。

「なんだと」

「なにを」

「やめとけ。疲れるだけだぞ」

セイジがゲタを制した。

「お前ら三人で浜辺に座ってなんか変なことしてるだろう」

セイジにマスオが言い返す。

「瞑想して何が悪い」

「別に悪くはないよな。静かにしてるんだし、迷惑はかからないだろうから。だけどな、キモイんだよ」

「なんだと」

「お前らは仏像か。東大寺じゃあるまいし、茅ヶ崎大仏なんていらねぇんだよ。鎌倉にあれば十分だ」

セイジ一派は笑った。太一が言う。

「瞑想してるからって、いたずらしていい訳はないだろう」

ミツオが言った。

「キモイ奴には何したっていいんだよ」

「なんだと」

マスオがミツオにつかみかかると、一斉に殴り合いが始まった。セイジだけがひとりで腕を組んで三組のとっくみあいを眺めている。ゲタと太一はもみ合っていた。セイジはそばにより、太一の腹を一発殴る。太一は激痛に屈《かが》んでしまう。タラシと真樹のとっくみあいにも真樹の後ろから近づき、背中を思いっきり蹴飛ばす。真樹は背骨が折れたかと思うほどの痛みを感じ、のたうちまわる。息ができなくなった。セイジは最後に胸ぐらをつかみ合っているマスオとミツオに近づく。マスオは「卑怯だぞ」と叫ぶが、ミツオが腕を押さえているので動けない。マスオは思いっきり頬《ほお》を殴られた。倒れている三人にセイジがつぶやく。

「キモイことはもうやめるんだな」

四人は太一たちをバカにしたような目で見て去っていった。

「痛ってえ。今度は絶対仕返ししてやる」と真樹がつぶやいた。

「どうしようもねぇな、やつら。どうしてやろうか」

太一の言葉にマスオが言った。

「いじわるにいじわるで報復していたら、いつまでたっても仕返しが続くだけだよ」

三人は黙った。

悔しい思いを抱えて三人が学校から出て行くと、向こうから見たことのある人が歩いてきた。

「あ、さるとら」

太一がつぶやくと猿虎は太一たちに気づいた。

「なんだ、お前ら、喧嘩でもしたのか」

三人とも顔がほこりだらけで、マスオは顔にアザがあった。

近くの公園の水飲み場で、三人は顔を洗うように言われた。猿虎はハンカチを出して、三人の顔を拭いてやった。

「そうか、いじめっ子と戦ったのか。でも惨敗は悔しいな」

太一が答えた。

「ずるいよ、あっちは四人で、一対一で戦っていたのに割り込んで二対一で叩きのめされたんだ。一対一なら絶対負けないよ」

「そうか、じゃ次に戦うときは注意するんだな」

「うん」

マスオが頬を押さえながら言った。

「猿虎さんは喧嘩しちゃいけないって言わないんだね」

「えっ？」

「大人はみんな喧嘩はいけないって言うよ」

猿虎はふと考えた。父親の龍馬に戦うことを習っていた。あの道場で柔道を習い、戦わなければならないときには戦うべきだと教わっていた。しかし、もっと大切なことは、戦う能力を持ちながら戦わないでいることだとも。

「うん、戦わないで済むならそのほうがいいけどな。武道の『武』は『戈《ほこ》』を『止』めると書くからね。本当の武道は無駄な殺生をしないものだ」

太一が聞く。

「猿虎さんは大学の先生なんだよね」

「そうだよ」

「何を教えているの？」

「電磁気学だ」

「デンジキガク？」

「そう、電気のこととか、あと電気が通ると磁石と同じ磁気の力が生まれるんだけど、そのこととかを研究している」

「ふーん」

真樹が言った。

「UFOって、電磁気学で飛んでいるのかな?」

「どうだろうね。あれはきっと反重力じゃないかと思うけど、はっきりはわからないな」

マスオが言う。

「えー、反重力ってあるの?」

「まだ発見はされてないけど、あるかもしれないな」

真樹が疑うように言った。

「理科の先生が反重力なんてないって言ってたよ」

「まあ、一般的にはそう考えられているね。でも反重力のことなんて、どうして理科の先生に聞いたの? 小学生じゃ反重力なんて習わないだろう」

真樹が得意げに言った。

「ボクたちはUFOのこと研究しているんです」

太一が続けた。

「『茅ヶ崎UFO研究会』を結成したんです」

「『茅ヶ崎UFO研究会』?」

「そう、通称『クク』って言います」

「クク?」

「茅ヶ崎のC、UFOのU、研究会のKで、CUK、クク」

真樹が言う。

「だからいろいろとネットで調べたら、ＵＦＯは反重力で飛んでいるって書かれている文章を見つけて、理科の先生に聞いたんです」

「なるほど」

太一が続けて質問をした。

「反重力ってあるんですか？」

「うん、実は、僕もその反重力があるかどうか知りたくて理論物理学を学んだんだ。だけど、それだとまだあまり仕事にならないので、電磁気学を専門ということにしている」

「理論物理学で反重力を研究するんですか？」

「そうだね。相対性原理って知ってる？」

「アインシュタインでしょう」

「そう、そのアインシュタインが特殊相対性理論と一般相対性理論の次に統一場理論というのを研究したんだ。それが重力と磁力の統一理論になるはずだった。ところがそれを完成させる前に死んじゃうんだ」

「じゃあ、それを完成させるんですね」

「夢はそういうことだけど、なかなか簡単ではない。反重力というものが存在するかどうかもはっきりしてないいんだ」

「じゃあ、それが見つかったら、それだけですごいですね」

「その証拠が見つかればな」

「UFOは絶対に反重力でしょう。でなければあんな飛び方できないもん」

「どこかでUFOを見たの？」

「真樹とボクは烏帽子岩の上を飛ぶUFOを見た」

真樹も「見た見た」とうなずく。

「こんな風にカクッカクッて飛んでいった」

太一は手でUFOの飛ぶ様子をまねた。

「実は僕も中学生のときに、茅ヶ崎の浜で見たよ」

「えっ、うそ。本当？　じゃ仲間だね」

「それ以来、反重力に興味を持って、それで研究をしている。だけど全然ダメだ。理論は作ったが、実際にそのとおりかどうか全然わからない」

「理論どおりに反重力は働かないの？」

「そうなんだ。何かが欠けているようだ。電子が同調すれば働くと思うんだが、なかなか同調させられない。どうやってもうまくいかないので、同調させる方法なんて、もとからないんじゃないかと思ってしまう」

「えっ、絶対あるよ、だってUFO見たんでしょう」

「まあな」

　太一が自信たっぷりに言った。

「それを見た自分を信じなきゃ」

「信じるね……」

「そうだよ、信じるんだよ。一緒に瞑想しようよ」

「えっ？」

「この前、瞑想のことを悪く言ってたけど、そんなことはないよ。いいよ、瞑想」

「そうかな」

「そうだよ」

「でも、瞑想は遠慮しておく」

「なんで？」

「なんでも」

「きっと誤解してると思うな。気が向いたら一緒に瞑想しよう」

　猿虎は首を軽く縦に振ったが、返事はしなかった。

「反重力を発生させる装置は作ったの？」

　真樹の問いに猿虎が答える。

「まあ一応。でもまだ反重力は発生しない」

真樹と太一は猿虎に装置を見せてくれとせがんだ。

7

加藤は瞑想場の倉庫を住処として、家事一切の手伝いをはじめた。少々太っていて動きが悪いが、もとは気のいい人間なので器用になんでもこなした。クサじいは加藤に「世話になったというやくざの親分にはもう会うな」と言った。しかし律儀な加藤は謝りに行ってしまう。たまたまそのとき親分は留守だったが、加藤は瞑想場の住所を子分に教えてしまった。

大きなベンツが瞑想場前の細い道に停まる。派手なシャツを着た若い運転手がまわりを見回しながら降りてきた。後部座席にまわり、ドアを開けてお辞儀をすると、恰幅のいい青いスーツの男が降りてきた。坊主頭にべっこう縁の度付きサングラスをかけている。その姿を見れば百人が百人やくざだと言うだろう。

瞑想場の中では太一とマスオがクサじいと一緒に瞑想していた。

ガラガラッと引き戸が開くと青いスーツの男が入ってきた。頭を下げながら低く響く声でこう言った。

「御邪魔致します。わたくし、む・ら・こ・しと申します。こちらに加藤喜一がお世話になっていると伺い、迎えに参りました」

しばらくの静寂。三人は瞑想中で微動だにしない。青いスーツの男の後ろにいた運転手が叫ぶ。

「おりゃ、誰か返事せぇんかい」

耳鳴りが聞こえるほどの静けさ。誰も何も言わない。運転手がもう一度叫ぼうと息を吸ったところを、青いスーツの男が手で運転手の胸を押さえた。

「御取込中、御邪魔致します。わたくし、村越興産のむ・ら・こ・しと申します。こちらにわたくしどもの加藤喜一がお世話になっていると伺いました。お目にかからせて頂く訳には参りませぬか」

そう言って、再び深々と頭を下げた。静かな低く太い声には、わずかな怒りが感じられた。村越はかけていた眼鏡の縁を持ち、位置を定めた。誰も何も言わない。若い運転手が前に出て怒鳴ろうとする。村越はそれを手で止め、ため息をついた。

村越は内ポケットからアルミ管を取り出し、そのキャップをねじって取った。入っていた葉巻を取り出すと吸い口を運転手に向ける。運転手はポケットから小さなギロチンのようなカッターを取り出し、吸い口をカットする。村越はガスライターを点けた。必要以上に大きな炎を葉巻にかざし、しばらく待ってからスパスパと吸う。タバコとは比べものにならないほどの煙が立ちのぼる。

「腰低くしてるのもこれが最後や。誰か返事をしてくれんか」

蛍光灯の音が聞こえてきた。パチパチチッと点滅する。

「おんどりゃ、なめとんのか！」

ライオンの咆吼《ほうこう》のような図太い声に運転手が縮み上がった。村越は土足のまま道場に上がりかけた。

「待ちなさい」

クサじいの声は決然《けつぜん》としていた。大きな声ではなかったが、村越の足を止めるには十分な気合いがこもっていた。

「ここにはここの作法がある。しばらく外でお待ちなさい」

すでに顔を真っ赤にして怒っている村越には通じない。

「ふざけるな。ここまでコケにされて、はいそうですかと待ってられるか」

再び土足であがろうとするがクサじいは言う。

「コケになどしておりません。ただいま瞑想中です。無念無想、誰が来ても返事はできません。しばらく外でお待ちなさい」

村越は言った。

「返事しとるやないか」

その言葉には返事がなかった。

「おんどりゃー」

「どうしても時間をつぶしたいなら靴を脱いで、一緒に瞑想しましょう」

村越はひるんだ。

「遠慮はいりませぬぞ」

クサじいの言葉に促されて、村越は葉巻を靴で踏み、運転手と一緒に靴を脱いで瞑想場に上がった。

「胡座《あぐら》はかけますかな？」

村越と運転手はモゾモゾと胡座をかき、静かに目を瞑った。

どのくらい時間がたっただろう。村越が目を開くと、子供ふたりと老人は談笑していた。村越を見てクサじいが言った。

「ほほ、筋がいいですな。座禅でも組んだことがございますかの」

村越は「いや」と答えた。

「そうですか。それにしては深く瞑想に入っていたようですな。とても筋がいい。ときどきはここに来て一緒にしませんか、瞑想を」

「いや、まぁ、考えておきます」

「まあ、それに比べて一緒にいらした方は……」

運転手は足がしびれて倒れていた。「た、立てないっす」と言いながら足を押さえている。

「ほほほ、さて、加藤さんにご用とか」

「はい。加藤はうちで働いていたもんで、迎えに来ました」

「加藤さんは何か悩みを抱えているようですが」

「ああ、あいつはへまをして赤字を作った。それを償えと申しております」

「どのくらいの赤字なんですか？」

「それは、そちら様には関係のないことでございましょう」

「いやいや、加藤さんはその赤字に苦しみ、罪を犯すとこじゃった。あのまま事が進んでいれば、どうなったことかわからない。なので彼が立ち直れるように、儂が少しお手伝いをしようと思いましてな」

「損失を肩代わりするとおっしゃるのですか？」

「まあ、そういうことになりますかな」

村越はしばらく黙り、おもむろに口を開く。

「では、一千万ほど用意していただきましょう」

「一千万？　それは加藤さんのお話と違いますな。加藤さんは二百万だとおっしゃっていた」

「それは、加藤が働きながら、現時点で返さなければならない額だ。あなたに肩代わりしていただけば、加藤はもう私の所には帰って来ないでしょう。その分も考えれば一千万ということです」

「なるほど。今は二百万しか用意してないので、あとの八百万は後日ということで、今日のところはお引き取り願えますか」

「二百万はあるのか」

「さよう」

「残りの八百万はいつになるんだ？」

「二、三日後には用意できるでしょう」

村越はクサじいをじっと見た。クサじいは懐から封筒に入った二百万を出す。

「なぜ、加藤のことをそんなに面倒見る？」

「さて、なぜですかの。困っていたようなので助けたくなったということですかな。儂もたくさんの人たちに助けられましたから」

「それにしても」

「ほほ、それに儂のような耄碌《もうろく》じじい、いつ死ぬかわかりませんからの。死んだらもうお金は使えません。使えるときに有効に使うということです」

そのとき、倉庫の扉がガタガタと開いた。加藤が走り出てきて土下座した。

「草川先生、ありがとうございます。村越先生、ありがとうございます」

脂肪でふくらんだ加藤の肩がフルフルと揺れていた。

「加藤よ、いい人に助けられたな」

「村越先生、すみません」

「じゃあ、三日後にまた来るからな。八百万、ちゃんと用意しておいてくれ」

二百万の封筒をつかむと、のっそりと村越は立ち上がり、重い体を引きずるようにして車に乗り込んだ。

運転席に座った運転手は「これでいいんですか?」と聞いた。すると村越は眼鏡をはずし、ツルを噛んで言った。

「あの老いぼれ、少ししゃぶってやるか、なぁ」

8

湘南には瀟洒《しょうしゃ》な家が多い。加川家はそんな地域の中でもひときわ目を引くしっとりと落ち着いたアンティークな家だ。大きな窓のあるダイニングで奈緒と母親の美和が夕食を食べていた。部屋にはふたりのナイフとフォークの音がする。

「お父様、帰ってこなかったわね」

「うん」

「せっかくのピアノの発表会に来てもらえなくて残念だったわね」

「仕方ないでしょう。パパも好きで帰ってこないわけじゃないんだろうから」

「あんなに練習したのにね」

フォークに刺したポテトを食べて奈緒は言った。

「六年生になったらピアノ習うのやめようと思う」

「あんなに好きだったのに？」

「ピアノ習っても勉強には関係ないから」

「せっかく上手になったのにもったいなくはない？」

「別に音楽家になる訳じゃないんだから、いいんじゃない」

「何年か前まではよくお父様に聞いていただいたのにね」

「パパがいないんだから仕方ないし」

「私が幼い頃はそんなに勉強しなくてもよかったんだけどね」

「昔は昔、今は今。そんなこと言ってたら大学に入れない」

「まだ何年も先でしょう」

「大学受験は何年も先だけど、それまでに受験できる状況を作っておかないと。進学できる高校に入らなかったら、もうそれで大学は無理だからね。私がしたい仕事は国際政治に関わることなの。そのためには東大に入らないとだめなのよ」

美和は「小学生は遊ぶものよ」と言いたかったがやめた。前にそのことで喧嘩になったことがある。父親は現在外交官としてインドネシアにいる。いつまでインドネシアにいて、次にどこに行くのか、あまりはっきりしていない。奈緒は小学一年からは家族一緒にジャカルタで暮らしていたのだが、ある日、父親の弘道に「奈緒は将来どうしたいのか？」と聞かれ「パパみたいに外交官になる」と答えた。奈緒が父親と一緒にいると日本の大学には入りにくくなるかもしれないと、日本に住まわせることにした。奈緒は母親と小学三年生の頃から日本に帰ってきた。奈緒は父親のことが大好きだったので言いつけを守って暮らしている。美和はかたくなに父親の言うことを聞いている奈緒が心配でならない。

美和は中学まで普通に勉強し、高校で苦労して大学に入った。だから高校生の頃のような勉強を小学生から始めることに抵抗がある。一生のうちで一番楽しい時を逃しているような気がしていた。

9

ある日の夕方、瞑想の準備に三人が瞑想場で掃除しているとクサじいが来た。

「よしよし、よく掃除ができとるな」

真樹がクサじいに質問した。

「掃除がとても大切とのことでしたけど、なぜ掃除が大切なのですか？」

クサじいはゆっくりと答えた。

「たとえばな、ここにひとつの茶碗があったとする。とても大切に扱われている茶碗じゃ。するとな、その茶碗はある力を発したりするのじゃ。人によってはその茶碗で飲むとなぜかとても落ち着くと感じたり、同じお茶でも美味しく感じたりする」

マスオが言った。

「気のせいじゃないの？」

クサじいはマスオの目を見て言った。

「違う。そういうことのわかる人が一定数おるのじゃ」

マスオはまんじりともせずにその言葉を聞いた。

「丁寧に掃除をすると、この瞑想場がその茶碗のようになる。それがどういうことか、お前たちはいつかきっとわかるようになるはずじゃ。さあ、瞑想を始めよう」

瞑想が終わり、太一が質問した。

「クサじいはなぜ瞑想を始めたの？」

クサじいは戦時中、特攻隊に所属していた。上官には龍馬龍馬と呼ばれかわいがられていた。訓練が終わると毎日仲間が何人かずつ戦地に赴き命を落としていった。仲間たちとは別れのときに「靖国で会おう」と約束した。それは、戦死すれば靖国神社に祀ってもらうことがわかっていたからだった。何人もの友と別れ、いざ自分の番だというときに、戦争は終わった。出征のときは駅で大勢の人に見送られ、武運長久を祈って万歳をしてもらった。同じように見送られた仲間のほとんどは、もういなかった。心も体も疲れてやっとの思いで知覧の基地から帰ってくると、町の様子が変わっていた。

「戦争が始まったのは軍のせい」

「戦争に負けたのは軍が悪かった」

戦争時にはあんなに応援してくれていたはずの人々が、急に冷ややかに思えた。命を投げ出してまで守ろうとした人たちが、いまでは龍馬たちを責めるのだ。何のために仲間が命を落としたのか、若い龍馬は苦しんだ。もちろん、きっと温かい目で見てくれていた人たちもたくさんいたのだろう。母親も龍馬のことを心配してくれていた。しかし、龍馬の若い心には、それらの人たちの思いは届かなかった。いたたまれず池袋の闇市に出て、悪ぶって暴れたが、少しも心は慰められなかった。堕落して、落ちきって、泥にまみれていたとき、助けてくれたのは、のちに妻になるタキだった。タキがどうして龍馬に優しかったのか、いまもってクサじいにはわからなかった。ただひとつわかるのは、タキが死ぬまでクサじいのことを大切にしてくれていたことだ。クサじいは今でも目を瞑ると、若いタキの「龍馬さん」という声がはっきりと聞こえるのだった。

タキと出会い、なんとか仕事をするようになった。戦前習っていた柔道場にも再び通い、免許を戴き、道場を開く。すべてが順調になったとき、猿虎が生まれた。

猿虎が生まれた頃、司馬遼太郎の『竜馬が行く』が流行った。クサじいは幼い頃に父親から坂本龍馬にちなんで名前を付けたと聞いていたが、それがどんな人なのか知らなかった。何巻にもわたるその小説を読み、クサじいははじめて父親がどんなことを思って「龍馬」と名付けたのかわかった気がした。「龍馬」の意味も知らず、自分の息子に「猿虎」と名付けたことを悔やんだ。しかし、その猿虎は親の期待以上に立派に育ち、理学博士になった。息子の成長を見届けて、タキはぽっくりと死んだ。前日まで元気だったのに、ある日突然心臓発作で。

それ以来クサじいは、何もする気がしなくなった。門下生の増えた柔道場も閉鎖した。自分の生き甲斐がタキであったことをそのときはじめて思い知った。

ある日、死んだタキに届くはずのない手紙を書いた。切々としたためた長い手紙を書いたあと、なぜかタキからの返信を自分で書き始めた。はじめはもちろんそれがタキからの返信などではなく、タキの書きそうなことを自分が想像して書いているのだと思っていた。しかし、次第にその返信が、自分の書いているものではなく、あの世にいるタキからの本当の返信のように思えてきた。それが決定的となったのは、次のような返信を書いたときだった。

「私はあなたの心の中にいつまでも生きています。瞑想をしてごらんなさい。そこで私と会うことができます。待っていますから、早く会いに来てください」

クサじいは驚いた。以前から柔道の師が瞑想はいいからしなさいというのでしていたのだが、深い意味はわからなかった。わからないままに猿虎に教え、ちっとも柔道がうまくならないと恨まれた。それ以来、瞑想に一切の興味が持てなくなっていた。にもかかわらず瞑想をしなさいという言葉が降りてきた。自分がそんなことを書くはずはない。自分としては瞑想から目を背けていたかった。だからこれは本当にタキからの言葉だと思った。もう一度きちんと学ぼうと思った。瞑想の仕方はタキからの手紙でよりいっそう詳しく知った。書かれたとおりに瞑想していくと、一年ほどたって確かに瞑想の中でタキに会うようになった。そして、瞑想の中でさらにたくさんのことを習う。再び瞑想をするようになってクサじいは人が変わっていった。たくさんのことを学んだ頃に、太一とマスオに出会った。

そんな話をクサじいは瞑想場でした。

ひとしきり話が終わり、クサじいは太一に聞いた。

「太一は自分の名前がなぜ太一なのか聞いたことがあるか?」

「ない」

「聞いてごらん。親や家族がどんな思いで太一が生まれてくるのを待っていたのか、それがきっとわかるぞ」

10

雄大は泥棒の一件以来、恵子とよりを戻し、瞑想場にも来るようになった。泥棒が太一のうちを狙った理由が、父親がいないことだったから、二度とそのようなことがないようにと、太一のために一緒に暮らし始めたというのがふたりの言い訳だった。太一は両親と一緒に住めるようになってさらに元気になった。トランペットの吹き方もいつでも教えてもらえた。

　雄大はクサじいのところで瞑想することによって、ジャズの演奏が冴え渡るようになった。音のイメージが頭の中を駆けめぐると、その実感とともにアドリブをする。以前は音を追いかけるように演奏していたが、いまでは音を味わいながら演奏するようになった。アドリブのフレーズもより自然に出てくるようになった。するとなぜか客が増え、立ち見が出るようになり、客演してくれとほかのジャズバンドやライブハウスから呼ばれるようになった。

　太一の学校ではセイジたちのいじめがエスカレートしていた。裏サイトが作られ、陰湿ないじめに発展していた。太一はマスオに気にするなと言ったが、気の優しいマスオは気にせずにはいられなかった。

　教室でセイジ一派に立ち向かう太一は凛々しかった。奈緒はそんな太一の姿を黙って見ていた。

　太一は夢のなかでおじいちゃんによく会うようになっていた。おじいちゃんは右手に白い玉、左手に黒い玉を持っている。それを太一のほうに差し出すのだ。太一はそのふたつの玉をもらわなければならないと思いつつ、手が出ないでいた。

　茅ヶ崎の商店街では雄大の演奏がよくなった理由が瞑想にあるらしいという噂が立ち、クサじいの瞑想道場には少しずつ人が増えてきた。集中力が増し、勉強もよくできるようになると受験生も入ってきた。会社のストレスも感じなくて済むようになると会社員やＯＬも増えてきた。仲の悪い夫婦のよりが戻ると、夫婦関係に悩む夫婦も参加するようになる。そのうち地元誌にも取り上げられ、誰もいなかった瞑想場が次第に人でいっぱいになっていった。

早朝の浜辺には、波に打ち上げられた海草をついばむためにカラスがたむろする。朝日が瞑想場に差し込む頃、ベンツで村越八州男がやってきた。瞑想場でクサじいとふたりで話をする。

「息子さんは湘南大学の准教授だそうですな」

「そうじゃな、立派に育ってくれたよ」

「いつかは教授に昇格するんでしょうな」

「そうだろうな、きっと」

「それにしては困った過去がありますな、父親に」

クサじいは村越の顔を見つめた。

「戦後の混乱の中、あなたは池袋で何をしていました？」

「ふ、そんなことか。闇市でいろんな物を売り買いしたよ」

「女も、売り買いなさいましたな」

「そうだったかな」

「教授になる方のお父様がポン引きをなさっていたというのは、少々問題ですな」

「昔はそんなもんじゃった。そうでもしなければ生きていけなかった」

「しかも、母親は夜の女だったとか」

「それは違うだろう」

「しかし、噂というものは事実と嘘がごっちゃになって伝わっていきますからねえ」

「なるほど、脅そうという訳ですな」

「まあ、平たく言えば」

「儂を脅してどうしたいのじゃ」

「また一千万ほどいただきましょうか」

「欲深いのう。この前一千万払って、もう文無しじゃ」

「またまた、あれだけ気前よくお支払いなさったんだ、まだまだあるでしょう」

「だといいがな。何年も前に柔道場をやめてぶらぶらしている老人の、どこにそんな金があるのじゃ」

「金がなければ土地でもいいですよ」

「ほ、ほ、ほ」

クサじいはぱんぱんと手を叩いた。加藤がやってくる。加藤はふたりにお辞儀をしてクサじいのそばに来た。

「ふたりにお茶を下され」

加藤は「はい、ただいまお持ちいたします」と言って下がる。

「加藤は元気そうですな」

「よくしてもらってます。特に淹れてくれるお茶のうまいこと」

加藤がお盆にお茶を持ってきた。「どうぞ」とふたりの膝の前に、黒い茶托に載せた蓋付きの湯飲みを置く。クサじいは蓋を載せたまま湯飲みを手に取る。「こうしていただくと格別ですぞ」と言って、顔の前で蓋を取り、ゆっくりと息を吸う。

「お茶の香りが清々しい」

クサじいの言葉にうながされ、村越も同じように湯飲みを手に取り、顔の前で蓋を取り、くんくんと匂いをかぐ。

「あまり香りなんかしないぞ」

クサじいは「ほほ」と笑い「ゆっくりと吸ってごらんなさい」と言う。村越は湯飲みを鼻に近づけてゆっくりと吸った。

「まあ、するると言えばするが、たいした香りじゃない」

「いままでにお茶の香りで素晴らしいと思ったことは?」

「ないな。お茶なんてたいした匂いじゃない」

「あなたのお母様はお茶をたしなみはしなかったのですか?」

「ん?　そういえば、よく飲んでいたような」

「お母様はお茶がお好きだったのですね」

「よく覚えていない」

「お茶の何がお好きだったのですかね」

「だから、よく覚えていない」

「そうですか。お茶は素晴らしいじゃないですか。このたった一杯にいろいろな思いが込められ、所作があり、この味になる。加藤、これはどうやって淹れたのじゃ」

「はい、普通に淹れました」

「その普通を説明してくれ」

「まず、汲み置いておいた富士山麓の湧き水を鉄瓶で沸かし、そのお湯を湯飲みに入れてしばらく待ちます。頃合いを見て急須に茶の葉を入れ、そこに湯飲みのお湯を注ぎます。茶の葉が開いたら淹れます」

　クサじいは村越の様子を見て言った。

「村越さん、どうかなされましたかな」

「いや、私の母も同じようなことを言っていたなと思いまして」

「そうですか。お茶は紀元前から中国で飲まれていました。日本に来たのは西暦七百年頃と言われています。それ以来、多くの人がお茶を淹れてきた。おいしくないはずがない。もしおいしいものでないなら、こんなに長い間、飲み続けられなかったでしょう」

　村越は静かに「そうですね」と答えた。

「最近はどんなものでもはっきりした味が好まれる。味の奥にある味なんて、考える人は少なくなってきました。しかし、お茶のような味は、その味を受けとる人間に、人間としての深みを求めます。それは人の生き死にと似ている」

クサじいは一口お茶を飲んだ。

「人が生まれて死ぬ。ただそれだけと言えばそれだけ。生まれて死ぬまでのあいだにあった喜怒哀楽も、それだけと言えばそれだけ。しかし、そのそれだけを味わえるかどうか。それが大切なのですな」

村越はしばらく黙ったのちに「何が言いたいんだ」と言った。

「何が言いたいか……。そうじゃな、瞑想しにいらっしゃいということかな。この老いぼれに金をせびっても、たいした金額は出てきやせん。うちの息子の給料もたかがしれとる。それより、一緒に瞑想せんか。お茶のようなしみじみとしたものが味わえるようになるぞ」

村越は「ばからしい」と言葉を吐き捨て帰っていった。

数日後、村越は瞑想場に現われた。黙って礼をして瞑想場に座った。それ以来ときどき座るようになった。はじめのうちは瞑想も落ち着かず、どこか中途半端な感じが拭えなかったが、ある日それがするりと取れた。そのきっかけはクサじいのこんな一言からだった。

「多くの人は自分をだまして生きている。自分は何に関して自分をあざむいているのか考えてごらんなさい」

しばらくして再びクサじいは問う。

「自分は何に関して自分をあざむいているか。誰か答える人」

しばらく誰も答えなかったが、ひとりの男性が手を挙げた。

「その方」

「こんなつまらない仕事やめたいと思いながら続けてます」

「なるほど。それを認めるとは勇気があるな。次は誰じゃ」

年配の女性が手を挙げた。

「その方」

「家事なんか面倒で嫌だと思いながら我慢してやっています」

「なるほど。なぜ我慢してやっているのじゃ？」

「家族のためだと思ってやっています」

「そうか、家族に感謝してもらうといいな」

「そうですね、そしたらやりがいあるかもしれません」

「ならば、そのことを家族と話すことじゃな。次は？」

村越が手を挙げた。

「その方」

「私は、私は……」

「無理する必要はないぞ。言えることを言いなさい」

「はい、私は……他人がみんなバカで下らないと思っています」

「そうか、正直じゃな」

「しかも、自分が師と仰いでいる方まで、いつかおとしめてやろうと考えています」

「そうか、それをすると何かいいことがあるのかな?」

「金が儲かるかもしれません」

「なるほど。金が儲かるのがそんなにいいことか」

「はい、金を儲けるのは最高なことです」

「では、師と仰ぐ人をおとしめてもお金が儲かればいいのじゃな」

「そういうことになります」

「もしそれでいいと思っているなら、わざわざここで手を挙げたりしないな。何のために手を挙げたのだ?」

「なんのためでしょうか?」

「自分で答えなさい」

「なんのために手を挙げたのか、よくわかりません」

クサじいはしばらく黙っていた。そして言う。

「自分で答えなさい」

村越はしばらく考え、苦しそうに答えた。

「私は、この世の中なんか、クソくらえと思っていました。私のことを、家族のことを、こんなにも苦しめる世界を、恨んでました」

　村越は嗚咽《おえつ》を始めた。

「だから、私は、私のように苦しんでいる人間を、表面上は助けたかったのですが、クソくらえな世界に生きている人間を、本当に助けるようには、生きてきませんでした。苦しい奴はもっと苦しめばいい、楽しい奴は苦しむようになればいい、心の奥底ではずっとそう考えて、そうなるように仕向けていました。

　加藤も、事業に失敗し、落ちぶれていたところを拾ったのですが、このバカは俺がどんなにつらいことを言っても、信じてついてきた。もう十五年も前、縄張り争いをしていたところ、山田組の罠にかかって、危うく俺が服役させられそうになったとき、加藤がその罪をかぶって十年服役してくれた。俺の子分だからいいんだとずっと思うことにしていたが、出所してきて本当にすまないと思っていたんだ。だからうちの仕事を任せた。だけど奴はそれに失敗した。奴には難しかったんだろう。やんちゃなワルを束ねることはなかなかできない。それをさせてできた負債をなんとかしろと言ったんだ。はじめのうちは、加藤を助けようと思ってしていたことが、次第に奴を追いつめる。そんなことを俺は奴だけじゃなく、いろんな奴に対してやってきたんだ。それで命を落とした奴もいる。指を詰めた奴もいる。行方不明になった奴もいる。そのすべての根源が俺なんだ。瞑想しながらその事実に直面した。何度かこんなこと、やめようと思った。だけど、やめられない。ならば、瞑想などしても無駄だと思いました。だけど、真実は曲げられない。そう、やっと気づきました」

クサじいは黙って聞いていた。村越の嗚咽が落ち着くのを待って言った。

「そう気づいた上で、そのことを自分の口で言い、多くの人に聞いてもらうのは勇気のいることだ。それでいい」

11

「茅ヶ崎UFO研究会」のブログにはたくさんの人が来るようになった。そこでコメントのやりとりをしている人たちは、誰も太一、マスオ、真樹が小学生だとは思っていなかった。ふたりがUFOを見た日に、同じUFOを見ていた人が三人現われた。その日前後に見ている人は八人いた。なかにはふたり、空飛ぶ円盤の中に入ったことがあると言う人が現われた。自分の体に何かの装置を埋め込まれたという人もひとりいた。様々なUFOに関する情報が集まり、オフ会をしようと持ちかけられたが、相手のほとんどが大人だと知っていたので、適当な理由をつけて断った。ブログに書かれている内容を引用させてくれとテレビや雑誌からの問い合わせも来るようになった。

ブログにはこんなコメントも寄せられていた。

「日本に金星人がやってきたことを知ってますか？　京都鞍馬寺、奥の院に魔王殿があります。そこは六五〇万年前に金星から来た護法魔王尊が降り立ち、ご本尊のひとつとして祭られています。それが天狗の起源です。降り立った存在はサナート・クマラという名前でした。だから天狗は空を飛ぶことができるのです。もしかしたらUFOも同じ力で空を飛ぶのかもしれません」

このコメントを巡って「それは嘘だ」という人たちと「それは事実だ」という人たちでしばらく論争になった。

クサじいは瞑想場に上級者向けの時間を設けた。そこへの参加を許可したのは太一、マスオ、真樹だけだった。その教室でクサじいは言った。

「この教室ではある程度自分で雑念を払い、現われてくる感覚をただ受けとることができる人だけが、その訓練をする。だから、自分のいままでの常識で感じるのではなく、常識から少し離れて、自分が何を感じているのかについて繊細になってみることじゃ。そうすることで、きっと驚くようなことを感じるようになるじゃろう。繊細に感じる内容は人によって違う。同じように瞑想しても、同調する先が違えば、受けとる内容も違う。言ってみればみんなはラジオのようなものじゃ。受信する周波数が違えば、流れてくる番組は異なる。だから互いに違うことを言ったとしても、それを受け入れてみることじゃ」

その日はクサじいが一輪の花を瞑想場に持ってきた。

「この花のなかに入るぞ。まずはどんどん小さくなることを想像する。小さくなったら自分に羽根があって飛べることを感じ、花のなかに入ってみるのじゃ」

太一は瞑想しながら自分が小さくなることを想像した。どんどん小さくなっていくと視点が変わる。瞑想場が次第に広大なものになった。そして、花はどんどん大きくなっていった。自分があまりにも小さくなったので、花まで飛んでいくのも疲れるくらいだ。花びらに止まり、なかを覗くと、そこはとても香りのいい魅力的な場所だった。大きなおしべとめしべのあいだを抜けて、花の奥深くに入っていくと、蜜があり、さらに小さくなって蜜の中を潜っていくと、緑色に光る管の中を通っていった。

あるときはテントウ虫になった。風に逆らって飛ぶのは大変な苦労だった。長いあいだ飛ぶと羽根の付け根が疲れて、羽根をうまくしまえなくなった。こうして、鳥になったり、風になったり、馬になったりしているうちに、生きていることそのものがうれしくて楽しいものに感じられるようになってきた。そしてふと気づく。

「生きるということはある状態でしかないんだ」と。

かつてクサじいが海を眺めてつぶやいたこと、

「あの波は水であって、波が『ある』わけではない」

「波は現象として現われるのだ」

これらの言葉が実感できた。命は現象として現われるのだ。

「僕が感じているこの思いも、いままで体験してきたあらゆる思い出も、宇宙を構成する原子が寄り集まり、海の中のエネルギーが波になるように、私という現象として現われているのだ。この現われは、波がどれひとつ同じものではないように、誰ひとりとして同じ人はいない。そういう現象なのだ」

そう思えた途端、自分を縛っていたたくさんの鎖がほどけた気がした。人間はすでに生命として、ほかの生物が成し遂げられるあらゆることの可能性を内包し眠らせていることが自然なことに思えた。いままでこれが人間だと思っていた、常識という鎧がガラガラと崩れていった。自分の考え方をもう一度、一から作り直す気になっていた。

クサじいが言った。

「いま、ここにいなさい。現われてくるあらゆる感覚とともにいなさい。その感覚を過去の思い出ですり替えないように」

瞑想がさらに進むと、世界中の瞑想をする人たちとつながるようになった。ふと気づくと各国の様々なイメージが心に流れ込んできた。インドでの礼拝、バリ島での祭、嘆きの壁での静かな祈り、モスクでの拝跪《はいき》、青空に向かってのハワイのフラ、教会の賛美歌、南米の踊り、お寺での護摩焚き……たくさんの祈りがさらさらと心の中に染みてくる。

世界中の祈りに心が満たされたとき、クサじいが人差し指を立ててやってきた。

「この思いに同調しなさい」

そう言って人差し指を太一の額に当てる。

水の中に潜っていく感覚。水圧で耳が、目が、鼻が痛い。光に向かって立ちのぼる泡。薄い膜を突き破ると、そこは景色のいい大きな家のプールサイド。

太一はアメリカの裕福な家族の一員になっている。太一はプールに入る。一緒に泳ぐ、はじめて見るハンサムな父親。抱き上げられて見る、とても美人でチャーミングな母親。幸せな家族の幸せなひととき。

再び水に潜っていく感覚。薄い膜を突き破ると、そこは荒涼とした瓦礫の山。戦争の最中。武装した兵士が太一の腕をつかむ。太一は泣くことしかできない。目の前の兵士が銃を太一に向ける。発砲の大きな音と無感覚。

クサじいはあらゆる人の体験に太一を同調させた。

クサじいは太一に何を伝えたいのか。

わかるような、わからないこと。

感じられるけど、言葉にならないこと。

うれしいけど、悲しいこと。

力がみなぎる、むなしいこと。

憐れだけど、満ち足りたこと。

子供の瞳、親の眼差し、祖父母の視点。

あらゆる感覚のあとで太一は、生きていることを選ぶ。生きていることを喜ぶ。この聖なる、そして俗的な、宇宙でたったひとつの、体験。

12

「クサじいが、僕に名前の由来を聞けって」

家族一緒に夕飯を食べているときに太一が尋ねた。

「太一って、北極星のことなのよね」

恵子の言葉に雄大が付け加えた。

「そう、おじいちゃんがどうしてもお前の名前は『太一』がいいって言い張るんだよ。ほかにもいろいろと考えたんだけどな。僕の名前はおばあちゃんが、太一のひいおばあちゃんな、考えてくれたっていうし、まあいいかなと思ってね」

「なんで僕の名前が北極星なの？」

「宇宙の中心だからさ」

「宇宙の中心？」

「理科で習ってないか？　北極星のこと」

「いつも北にある星だよね」

「そう。北にあって唯一動かない星。すべての星は北極星を中心にして回っている。つまり太一は宇宙の中心だってことさ」

「僕は宇宙の中心なんだ」

「だけど、それだけじゃないんだよ。中国に古くから伝わる考え方に『太一《たいいつ》陰陽五行思想』というのがある。『太一』と書いて『たいいつ』と読むのな。『淮南子《えなんじ》』という本に書かれているんだけど、昔宇宙は混沌だった、つまりいろんなもののゴチャゴチャ状態だな。それが軽い澄んだ気と重い濁った気に分かれる。それが陰陽だ。陰陽が組み合わされて宇宙ができていくんだけど、最初の混沌を『太極』という。その太極を神様として見なすとき、それを『太一神《たいいつしん》』と呼ぶんだ。つまり、陰陽を含むあらゆることが『太一《たいいつ》』なんだ」

「よくわからない」

「まあ、難しいから。大人になったら調べるといい。日本の神様とも関係あるらしいぞ。陰陽を統一するなんて、かっこいいよな」

「それってどういうこと?」

「あらゆる物事は陰と陽でできている。その結合で新しい何かが生まれる。たとえば、女が陰で男が陽だ。結び合って子供ができる」

　恵子が口をはさむ。

「ちょっと、太一には早いんじゃない」

「平気だろう。それから、太陽が陽で地球が陰。太陽から降り注ぐ光を受けて大地に花が咲く。神様が陽で人間が陰。神の教えで人は栄える。だから太一は、宇宙にある何かと地球にある何かを結合させて新しい何かを生み出すとか、神様の教えを人間に伝えて導くとか、そういう使命があるんだ」

「ちょっと、大袈裟でしょう」

「そんなことないよ、だから草川さんに瞑想を習い始めたんだろう。きっと何かすごいお役目があるのさ」

恵子があきれていった。

「また、話が大きすぎるの。パパはいつも現実から離れていくから。男と女、睦まじく生きていくための名前なのよ。宇宙まで引きずり出されたら大変よ」

太一が言った。

「わかった。パパの陽とママの陰を結びつけて、うちが幸せになるように、ふたりの混沌とした話を整理するのが僕の役目だ」

三人は笑った。

13

湘南大学は海を見下ろす丘の上にある。西には富士山、東には三浦半島がよく見える。太一、マスオ、真樹は草川猿虎の研究室を訪ねてきた。研究室はあまり大きくない部屋だった。こんな小さなところで研究しているんだと思ったが、猿虎は反重力装置を見せるために廊下を歩きエレベーターに乗った。降りると暗く湿っぽい空気と一切の音がない狭い場所に出た。目の前にあった大きなハンドルを回して大きなドアを開けると、真っ暗な空間が現われた。壁のスイッチで灯りをつけるが、その空間があまりにも大きいのであまり明るくならない。電灯は何十メートルも上の天井に付いていたが、手前のものだけ点灯した。

「うわあ」

みんなが声を上げた。誰かが咳払いをすると、その音はしばらくして木霊《こだま》として帰ってきた。

灯りがついたので手前の天井は見えるのだが、奥の空間は暗くて見にくかった。

「ここで研究している」

だだっ広い部屋に一抱えほどの大きさの円盤が吊されており、たくさんのケーブルがつながっていた。

「あれが反重力装置」

猿虎が指さすとみんなが顔を上げた。大きさとしてはひとりで持てるような物だった。部屋の片隅に窓があり、その奥にコンピューターが何台か並んでいた。

「あそこで僕たちは実験の様子を観察する」

真樹は言った。

「装置自体は案外小さいんですね」

「大きさはあまり問題じゃないんだ。あの円盤の中に球体が入っていて、それがいかにしてある空間を歪《ゆが》ませるかなんだ」

「空間を歪ませる？」

「光速に近い速度で電子は移動していくけど、そのときにもし円のように二次元空間を移動するとそこに磁場が生まれる。同様に三次元的に球体上を移動させるんだ。そのときに電子がある固有振動数の波動を出すようにさせると安定する。するとわずかに空間が歪むことで微少重力が生まれる。それ以上は……言葉じゃ説明できないな。それをきちんと理解するにはたくさんの数式と多次元空間、それに量子物理学を理解してないとならない。それが理解できるようになるのに何年もかかる」

そう言ってから猿虎は口を真一文字に結んでこうも言った。

「それが理解できても正しいかどうかは実験がうまくいかない限り証明できない」

マスオが聞いた。

「もし実験がうまくいったらどうなるんですか？」

「推測でしかないけど、半径数十メートルくらいのあらゆるものが浮き上がるはずだ。だけど、浮き上がったらそのあとどうなるかよくわからない。数式的には理解できるんだけど、それが現実に反映されるとどうなるのかわからない」

「なんでわからないの？」

「超ひも理論は十次元、超重力理論は十一次元。それらを計算して正しいか間違っているかはわかるが、それらを三次元の空間、または四次元の時空間の中でどう解釈していいかはまだわからない。別の宇宙が浮き上がった空間の代わりに現われるかもしれないし、この宇宙のどこか遠くの場所がここにやってくるのかもしれないし、浮き上がった空間がどこまでも飛んでいくかもしれないし、そのどれでもないかもしれない」

「じゃあ、作動したら困ったことになるかもしれないんだ」

「その可能性もある。下手に作動したら地球丸ごとどこかに行ってしまうなんてこともあるかもしれない」

「恐いですね」

「人類は科学が発達するほど、ひとつ間違えれば飛んでもないことになる技術をいくつか抱えるようになった。まずひとつは原子力。そして遺伝子技術。反重力も成功すればそのような技術になるかもしれない」

14

幾度となく未確認飛行物体が決まったコースを飛来するので、航空自衛隊はコース上に軍用ヘリコプター、ブラックホークを待機させ、その未確認飛行物体の正体を暴こうとしていた。未確認飛行物体は江ノ島あたりから現われ、烏帽子岩を通り、南足柄市あたりまで、あちこちに飛びまわるが、平均するとほぼ真西に飛んでいく。そこで、飛行コース上にある大磯運動公園に特別な許可をもらい、一般の人が入れないようにしてブラックホークを待機させた。操縦士のほかに、電子整備員、戦術航空士、動画撮影のためのカメラマンとその助手、静止画撮影のためのカメラマン、音響技術者、通信員などが乗り込んでいた。

午後一時、厚木航空基地から連絡があり、烏帽子岩上空に未確認飛行物体が現われたと連絡を受けた。すぐに発進して大磯上空で待機する。ブラックホークのレーダーはすぐに未確認飛行物体を捉えたが、あまりにも速度が速く、あちこちに方向を変えるのでときどき見失った。次第に近づき、目視できる距離になったとき、右に左に上に下にと移動していくので、はじめのうちは目の錯覚のようにしか感じられなかった。ところがはっきり見えるくらいに近づくと、確かに光った物体があちらこちらと踊るように飛行している。動画撮影も静止画撮影も、ズームインするとそのスピードのためフレーム内に収められない。ズームアウトすると光が小さくなって、あまりよく写らない。ふと気づくとブラックホークのすぐ横に光が止まった。ブラックホークよりひとまわり大きかった。乗員がそちらを向くと、光は正面に移動し、フラッシュのような強い光を浴びせてどこかへ消えた。レーダーで確認すると、すでに五キロほど離れていた。

ブラックホークが厚木基地に戻ると、乗員はみんな興奮状態か茫然自失状態だった。顔や腕など、露出した皮膚の部分に軽い日焼けの跡が残っていた。

写真や動画は写ってはいるが、はっきりとその光の中身がわかるようなものはなかった。撮れた写真はどれも太陽に向かって撮った写真のようだった。デジタル解析をするが、それでもほとんど有益な情報は得られなかった。

録音した音を解析すると、面白いことがわかった。ブラックホークのローター音、エンジン音を除去し、飛行物体から出ている音だけを抽出すると、ものすごく速いパッセージで何か音楽のようなものが鳴っていた。それをゆっくりと再生すると、心地よいメロディーになった。

15

「上級教室は静かだね」

「たった三人だからな」

参加者三人はすでにそろい、クサじいを待っていた。ところが珍しいことに時間になってもやってこない。三十分が過ぎたところで真樹が携帯に電話したが、電波の届かないところにいるか、電源が入っていないと告げられた。仕方ないのでそれぞれ勝手に瞑想しようということになった。

太一は次第に深く心のなかに入っていった。耳元で「どっこいどっこい、どっこいそーりゃ」と茅ヶ崎でおこなわれる浜降祭《はまおりさい》の掛け声が聞こえ、そのイメージの中に入っていく。人混みの中を並んで進む御神輿。幼い頃、父親に肩車してもらって見た。朝早く眠いのに起こされ、海に出て行くとものすごい人出だった。これは懐かしい思い出だと思い、その思いを脇に置く。次に浮上してきたのが見たことのない鳥が庭に来たことだった。その思いも脇に置く。次々と浮かんでくる思いを脇に置き、ただ静寂の中に心を鎮めた。そのとき、自分の思い出ではないイメージがどこかからやってきた。長い階段をどこまでも登っていく、そのイメージ。ふと隣を見るとマスオと真樹。階段を登りきると、その両脇に天狗がいる。さらに階段を登ると、そこにも両脇に天狗がいた。さらに登ると長い階段のあとにお堂がある。そのお堂の脇から向こう側に出て、林の中を歩いていく。そこにクサじいがいた。こちらを向いて笑っている。

目を開くと瞑想場の中。いまのイメージはいったい何だろうと思い、隣のマスオに聞く。

「瞑想で階段を登ったけど、なんだろう?」

「えっ? 途中に天狗がいた?」

それを聞いた真樹が「いたいた、両脇にいた」と会話に割り込んだ。するとマスオが「長い階段だったね」と言う。真樹は「最後のお堂の向こう側にクサじいがいた?」と聞く。ふたりが「いた」とうなずいた。

「いまからそこに行こう」

太一の提案にマスオが「どうやって?」と聞く。真樹が「いい考えがある」と言って村越に電話し、運転手付きでベンツを借りた。しばらくしてベンツがやってくる。

太一が「どこに行くんだ?」と聞くと、真樹は「あれは明らかに大雄山最勝寺だ」と答える。言われれば確かにそうだと太一は思った。何年かに一度、その寺に初詣に行っていた。

着いたのは夕方だった。もう少し遅かったらお寺に入れなかった。三人は階段を登っていった。本堂に上がる階段の両脇に狛犬のように天狗が鎮座している。奥の院に上がる階段の両側にも天狗がいた。奥の院は長い階段の上にある。登りきるとみんな息が切れた。奥の院の裏側に細い道があり、その道を途中まで降りるが「少し違うな」と思い、みんな杉林の中へと入っていく。草がぼうぼうと茂り歩きにくい。みんな勘に頼って歩くのだが、言葉を交わさずとも同じ方向に向かって歩いた。すると林の中の開けた場所にクサじいがいた。

「ほほ、よく来たの。みんな合格じゃな」

太一が言った。

「僕たちを試したのですね」

クサじいは「そうじゃ。そしてこれからは合格者への天界からの招待じゃ」と答えた。言った途端に四人のまわりは七色に輝きだした。まわりの景色がプリズムを透かして見ているように七色に分解していく。立っているはずの足下も七色に分解し、次第に草ぼうぼうの地面から浮き上がっていった。三人が「あーっ」と悲鳴を上げた。クサじいはひとり涼しい顔だ。

「これはいったい!?」

マスオが叫んだが、クサじいは「なにが起きているのか、しっかりと見ておくことじゃな」としか答えない。

マスオの顔が恐怖に引きつった。すると七色の膜は色を失い、包まれていた四人は浮いた状態からガクンと下がった。

「いまあることだけに集中するのじゃ。たったいま感じた恐怖は思い出に過ぎない。区別しなさい。自由に飛べるとしたら、お前の心の中には何が生まれる？」

クサじいの問いにマスオが答えた。

「空を飛ぶなんて無理だ！」

「馬鹿もん！　それは過去の思い込みだ」

色を失った膜は四人を包んで高さ三メートルほどのところを上下に揺れながら漂っていた。

太一が言った。

「マスオ、父さんのかたきを取るんだろう。いま俺たちは本物のUFOに乗ってんだぞ！　うれしくないのか」

　マスオはそれに言い返してきた。

「そんなこと言ったって、あり得ないよ」

「マスオは父さんの言ってたことを信じてないのか！」

「だって、そんなこと……」

　そのとき、真樹が叫ぶように言った。

「マスオの父さんばんざい！」

　そう言って両手を高々と掲げた。そして何度もそれを繰り返す。

「マスオの父さんばんざい！」

「マスオの父さんばんざい！」

「マスオの父さんばんざい！」

　太一も両手をあげて声を合わせた。

「マスオの父さんばんざい！」

「マスオの父さんばんざい！」

「マスオの父さんばんざい！」

「マスオの父さんばんざい！」

　驚いた顔をしたマスオは、目を覚ましたように叫んで両手を上げた。

「父さん、ばんざい！」

四人を包んだ膜は七色の光を放ちガクンと揺れて急上昇を始めた。

「わぁー！」

三人は叫んだ。

「やったー、飛んでる！」

マスオは感激で泣き出していた。ほかのふたりも心が震えていた。喜びというよりも、さらに大きな感動で満たされていた。

七色の膜に包まれながら空を飛んだ。足下には暮れていく最勝寺が次第に小さくなり、山々を越えて向こうに小田原の街が見え、遠くに海が見える。次第にはるか下方に広がる地形が日本地図の一部であることがはっきりとわかってきた。伊豆半島や三浦半島が見えてきた。大島が見え、次第に本州すべてが見えてきた。

マスオは叫んだ。

「UFOに乗っている！　やっぱりUFOはあったんだ。そのUFOに僕が乗っている！」

太一は不思議な感覚を味わっていた。足下に見えるあらゆる景色を詳細に知ることができた。あまりにも遠くて見えるはずのないものが見え、聞こえるはずのない音が聞こえ、匂いも温度も湿度も、その気になれば味や、いままでに感じたことのない言葉にできない感覚さえ味わった。空を見上げればびっしりと埋め尽くされた星々の光に陶酔した。

秘められていた太一の感覚が開ききった。

クサじいは「ほ、ほ」と笑って言った。

「人間が神とか霊とか言っていたものは、もとはひとつじゃった。この宇宙に存在する大いなる魂じゃ。それは三つの異なる性格を持っている。その三つがこれからここに来る」

気圧が変わったのが耳鳴りでわかった。目の前に、人の背の高さほどの光の柱が三本立った。その三本の柱は意識を持った生命のようなものであり、何かの反映のように感じた。その一本が語りかけてくる。

「・・・・」

三人はその感覚をうまく受け取れなかった。何かが伝えられたが、何が伝えられたのか判断できなかった。クサじいは三人の様子を見てこう言った。

「ただ素直に感じなさい。無理に解釈する必要はない。ただ受け取るのじゃ」

太一はうなずいた。もう一度、何かが語られた。

「・・・・」

太一は少しうれしい感じがした。うっすらと微笑むと次の感覚が来た。

「・・・・」

太一はとっさに「行きたい」と答えた。なぜ「行きたい」と答えたのか、理解はできなかった。すると七色の膜はものすごいスピードで移動し始め、闇の中に入り、明るくなると海の上にいた。下には一艘の大きな旅客船が航行している。そこではたくさんの人たちが仲睦まじく、航海を楽しんでいた。乗船している人たちの感情に同調した。ときどき喧嘩や嫉妬している人もいたが、概《おおむ》ね幸せな感情が三人の心を和ませた。さらに三人は世界中の幸せな人々に同調していった。ほんの一瞬にたくさんの人の満ち足りた感情が心に流れ込んできた。すっかり太一は気分がよくなっていた。

「・・・・・」

次に来た光の柱からのコミュニケーションは三人の心を沈ませた。言葉に訳せば「これらの感情を生み出すために犠牲になっているものと同調する」ということだった。

七色の膜は再びすごいスピードで移動し、草原の上で止まった。下には人の群れが走っている。あんなに大勢の人たちが、一度にあらん限りの力を振り絞り走っている姿を、三人ははじめて見た。そこに爆撃機が来る。爆弾を落とした。それは空中で光ってはじけ、さらに小さなたくさんの爆弾を人々の上に降らせた。その人たちの気持ちにシンクロした。恐怖と怒りと悲しみと。そんな感情にはシンクロしたくなかった。しかし、それを味わったあと、その戦争で戦っている人たちにシンクロし、その戦争の背景にいる人たちにシンクロし、利益を得ている人たちにシンクロし、その人たちがおこなっている事業に携わる人たちにシンクロし、船上の幸せな人たちにつながった。幸せというものがいったいなんだかわからなくなった。そしてそのあと、世界中のたくさんの負の感情を抱えた人たちと同調していった。しかも、その体験は、幸せな人たちの数よりはるかに多く、いつまでたっても終わらないような気がした。すべてを味わったあと、太一はその場に座り込んでしまった。ぐったりした。

「・・・・」

太一は仰向けに寝転がる。

「これが人間のしていることだ。民主主義の利益を得ている人々はほんの一握り。多くの人はその人々を支えるために奴隷のようになっている。さらに悪いことに、その関係から利益を得ている人たちはそのことをほとんど省《かえり》みない」

そう訳した。否定のしようがない。

「・・・・」

太一はそれをなんと訳せばいいのかわからなかった。胸が締め付けられ、気持ちが悪くなりそうだった。光の柱に聞き返すと、再び同じ感覚がやってきた。

「・・・・」

クサじいが「それは訳したくないだろう」と言った。「訳すとすると、このままだと人類を滅亡させなければならない」だな。

胃から苦くて酸っぱい液体が上がりかけてくるような感じがした。

「どうすればいいの？」

太一の問いに「この三体の意識は、人間的概念で言えば神様だ。神様が人間を滅ぼすと言ったら、それ以上でもそれ以下でもない」とクサじいは答えた。

「どうにかならないの？」

「いままでずっと説得してきた。どうにもならない」

「・・・・」

「いまの感覚を翻訳できるか？」

「……わからない。複雑な感じがする」

「まずはよく感じて、出てくる言葉を拾い上げるのじゃ」

太一はゆっくりと思い出し、その感覚を言葉に重ねた。

「まずは心を合わせること。技術を正しく使うこと。多くの人と同調することでUFOを飛ばすこと。UFOを飛ばすための道具はそろっている。七月三十一日までにおこなうこと。もしできない場合は緩慢な滅亡が始まる。助け合うこと。愛すること。誰かが自分の力で光の存在になること」

気圧が変わった。

ふと気づくと最勝寺の駐車場に四人はいた。めまいがしてフラフラした。

「彼らは宇宙の根源の意識だ。昔の人は彼らを神と呼んだ。ある時期からは宇宙人と呼ぶ人も出てきた。宇宙には生命が満ちている、その理由が彼らだ。彼らは私たちと同じ言葉は使わない。だから、彼らの意識を受けとるためには、自分の言語環境や宗教の背景などに合わせて解釈しなければならない。それが理由で『神』というものがすべて別の物のように見えてしまう。人間の言葉に翻訳する際に違いが生まれてしまうのだ。たとえば、あの中で、光の存在になれと言われたが、それは人間的な価値観で見ると『死ね』と言っているのに等しい。しかし、彼らはそれを死とはとらえていない。高次の存在になる聖なる儀式と考えている。もっと正確に言うと、生命が生み出した意識が進むべき道程だと考えている」

真樹が聞いた。

「なぜ進むべき道程にしたがうの？　それでなんで死ななければならないの？」

「それは正しくは言葉では伝えられない。尊いものは自ら作るものじゃ。与えられるものではない。死も自らそのなかへと踏み込むことは尊いことだが、誰かに強いられたら、それは尊いものではない」

「死ぬことが尊いの？」

「うむ、そこが難しいところじゃな。彼らは死ねとは言ってない。光の存在になれと言った。それは私たちの状態から見れば死だが、かれらの状態から見れば、ひとつの変異にしか過ぎない。しかもそれを彼らは強いているわけではない。ある状態になるために必要なことと言っているに過ぎない」

みんなが黙った。マスオがおずおずと言った。

「もしそれができないと、僕たちが神様だと思っていた人たちが、人類を滅ぼすと言っているんだね？」

「そうじゃな」

「それをやめさせるにはどうしたらいいの？」

「多くの人と同調することで七月三十一日までにＵＦＯを飛ばすこと。そのためには助け合うこと。愛し合うこと。そして誰かが犠牲になることと伝えてきたようじゃな」

真樹が叫んだ。

「なんで誰かが犠牲にならなきゃならないんだ」

「理由は知らん。彼らにとっての死は、儂らが考えている死と違うということじゃ。それは人間の価値観からすればひどいことだが、彼らの価値観からすると素晴らしいことなのかもしれん。マヤ文明も生け贄《にえ》が捧げられていたことが知られているし、他の古代文明にもそのようなことがあった」

太一が言う。

「奴らにだまされているかもよ」

「彼らが儂たちをだましてどうする。だます価値があるのか？　儂はいままで何度も彼らと会話した。そしてわかってきたのは、彼らは信頼していい存在じゃ。だけど、こちらの心が曇ると、彼らの意図を正しく翻訳できなくなる。するとそのことで問題が起きるのじゃ」

真樹が聞いた。

「あの光の柱はいったい何なの？」

「人間の言葉にはないものだ。神様であったり、宇宙人であったり、霊であったり、いろいろだが、そのどれとも違う。生命はある現象じゃ。波と同じという話はしたよな。ハワイの波も茅ヶ崎の波も、波は波だが、それを構成している原子や分子は別の物だ。しかし、海の水という構成要素は同じとも言えるし、同じ原子や分子でできているとも言える。つまり、茅ヶ崎の波とハワイの波は視点を変えることで同じ波とも言えるし、違う波とも言える。同様に彼らも、この宇宙に生じるある現象だ。それは宇宙のどこにでも現われるとも言えるし、それぞれが別のものだとも言える。そして、明確な物質でできているわけではないので生命とは違う。波のように条件がそろうことで現われてくる」

「わかるような、わからないような……」

真樹が首をひねると太一は言った。

「彼らの名前は？」

「ない」

クサじいの顔を見てマスオが提案する。

「名前をつけよう」

「光の柱だからライトピラーかな」

真樹の提案にみんな同意した。

「では、それにしよう。ライトピラーは神様のようで神様ではない。しかし、神様として認識されたことがある。ライトピラーは宇宙人のようで宇宙人ではない。しかし、宇宙人として認識されたことがある。ライトピラーは霊のようで霊ではない。しかし、霊として認識されたことがある」

「その正体は？」

太一の問いにクサじいが答えた。

「ライトピラーをそのまま見ること。そのことを通してしか正体はわからない。受けとった何かを時間をかけて感じていくことじゃな。すると次第に見えてくることがある」

マスオが言った。

「父さんが見たのはこれだったんだ。確かに父さんが見たような光に僕は乗ったんだ」

「うれしいか？」

クサじいの問いにマスオは答えた。

「うん、うれしい。父さんのかたきが取れる。だけど、悔しくもある。なんでいままでこんなすごいことが信じてもらえなかったんだろう。父さんは確かにこれを見た。そしてそのことを正直に言っただけなのに……」

「しかし、それは仕方のないことじゃ。儂らも実際に見るまでは信じられなかっただろう」

真樹が言う。

「これからどうすればいいの？」

「七月三十一日までにできるかぎり多くの人の意図を集めることじゃ」

「意図を集める？」

「そうじゃ、人間の手でＵＦＯを飛ばさなければならない。そのためには多くの人と同調すること、助け合うこと、愛し合うこと」

太一が言った。

「あと犠牲が必要だよね。それは？」

「ほかがそろったときに考えよう。それまでは別のことを準備しよう」

「でも、具体的にどうすればいいんだろう？　ＵＦＯの飛ばし方なんてわからないし、どうやって同調したり助け合ったり、愛し合ったりすればいいんだろう？」

「早くそれを見つけないとならんな」

「明日が七月二十九日。七月三十一日まであと三日だよ」

みんなが首をひねった。

第三章　光

アメリカ合衆国サウスダコタ州キーストーンにあるラシュモア山の「四人の大統領の彫像」は、ヒッチコックの映画「北北西に進路を取れ」に登場しとても有名だが、その南南西十キロほど行ったところにクレージ・ホース記念碑がある。完成すれば高さ一七〇メートル、長さ一九〇メートルの世界最大の彫像となる予定だが、一九四七年から制作が始まり、まだ顔の部分しかできていない。クレージ・ホースは白人の侵略からラコタの人びとや聖地ハパ・サバを守るために戦い、アメリカ・インディアンから勇者としてあがめられている。

制作中の記念碑が見上げられる場所で、観光客と一緒にラコタの人々がスウェットロッジをしていた。焼けた石をテントに持ち込み、ハーブを押しつけ水を注ぐ。熱い蒸気が充満し、焚かれたハーブが煙を出す。人びとは次第に意識が朦朧とし、トリップを始める。胎内回帰すると言われるその儀式で、参加者が単調な曲を歌い出した。何度も繰り返されるその旋律。それは湘南上空でブラックホークが録音したＵＦＯのメロディーと同じだった。

1

最勝寺から家までベンツで送ってもらいながら、四人は翌朝瞑想場で会うことを約束した。

その晩、太一は父の雄大に相談した。雄大は話をひととおり聞いたあとで首を横に振った。

「そんなことあり得ないよ。あったとしても、どうしたらいいかなんてわからない。そんなこと誰かに相談したら、バカにされるだけだぞ、きっと」

　あんなに不思議な話を信じてくれる雄大でさえこんな反応だった。太一は多くの人たちにあの出来事を伝えられるのかどうか自信を失った。

　マスオは父親にＵＦＯに乗ったことを伝えたかったが、あいにく夜勤で会えなかった。母親の夏美に一生懸命話したが、取り合ってもらえなかった。夏美にしてみれば夫と同様、息子までＵＦＯでトラブルに巻き込まれるのではないかと心配だった。夫と息子を信じたいのに信じ切れない、切ない気持ちを夏美は味わった。

　真樹も父親にＵＦＯに乗ったことを話そうとしたが、どうしても切り出せなかった。きっかけとしてククのホームページの話をしたが、途中まで話すととても信じてもらえないと思いあきらめた。

　翌朝早く、学校に行く前に三人は瞑想場に集まった。とにかく何かをしなければならない。静かな瞑想場でただ座る三人。途中からクサじいも加わった。しかし、四人とも特に何かを受けとったわけではなかった。

　真樹は「ククのブログに昨日のことを書いた」と言う。七月三十一日までに人間がＵＦＯを飛ばさなければならないこと。そのために同調し、助け合い、愛し合うことが必要なことだと書いた。しかし、具体的に何をすればいいのかは書けなかった。少年三人は落ち着いていられない。

クサじいにも特にいい考えはなかったが落ち着いていた。

「あわてたところで仕方ない。きちんと宇宙からの調べをキャッチすることじゃ」

そう言われて太一がいらいらしながら言う。

「もし調べがキャッチできなかったらどうするのさ。人類を滅亡させるって言ってたじゃないか」

「だけど、別にいますぐに滅亡させるかどうかはわからないぞ」

「すぐに滅亡させられるかもしれないんでしょう？」

「まぁ、そうじゃな」

「なんでそんなにのんびりしているの？」

「あわてるな。まずは昨日のことを思い出そう。いますべきなのはあわてることではない。この宇宙を満たしている調べを聞くことじゃ」

学校に行かなければならない時間になるまで瞑想したが、誰も必要と思われる調べを聞くことはできなかった。

小学校で給食の時間になり、マスオは割烹着を着て給食を配っていた。すると隣のクラスにドヤドヤと五、六人の黒いスーツにサングラスの男たちがやってきて、真樹を捕まえて行こうとする。太一はその様子を見て、大声でマスオを呼んだ。

マスオが廊下に出て行くと、三人の男たちが真樹を抱えて廊下を走っていく。太一が止めようとするが他の男たちにさえぎられてどうしようもない。男たちの何人かは白人のようだった。先生を呼びに行く生徒もいたが、あっという間でどうしようもなかった。男たちは昇降口そばに停めてあった黒い車に真樹を押し込み走り去った。生徒が先生たちに状況を話すが、いっこうに埒《らち》が明かない。ガニユタは真樹を探したが、確かに見つからない。警察に届けるかどうか先生たちが集まって話しているときに、海上自衛隊の隊員がやってきた。

「こちらに中野真樹さんはいますか？」

教頭が立ち上がり、中野真樹が行方不明であることが何か問題になることを恐れ、曖昧な返事をする。

「いや、まだ学校にいるはずですけど、探してみないとわかりません」

「至急、会わせてください」

「どんなご用件でしょうか？」

「海上自衛隊からの要請で至急お話をうかがいたいのです」

「どんな話をお聞きになりたいのですか？」

「それはまだ発表できません。とにかく至急中野真樹さんに会わせてください。ご両親の許可もすでに取ってあります」

「ご両親の許可？」

教頭は「実は十分ほど前に中野真樹君は何者かによって連れ去られたのかもしれないので

す」と言うと、自衛官は「どんな人たちによってですか？」と聞く。

「生徒たちの話によると黒い背広を着ていた人たちだと」

自衛官は電話をかけて状況を海上自衛隊厚木基地に伝えた。学校は午後の授業をすべて中止し、生徒たちを帰宅させた。夕方になると誰が伝えたのか、小学校にマスコミが集まりはじめた。

太一とマスオは学校から出るとその足で瞑想場に向かった。真樹が誘拐されたことをクサじいに伝えて、何か対処ができないか聞くつもりだった。瞑想場前に見慣れぬ車が停まっていたが気にせず瞑想場に入っていった。いつものように引き戸をカラカラと開けると瞑想場には背広にサングラスの男たちが三人、クサじいを取り囲んでいた。驚いてあとずさると、うしろにも背広の男たちがいた。

2

クサじい、太一とマスオは車で連れて行かれた。着いた先は横須賀の米国海軍基地だった。車はゲートを過ぎて地下に入っていった。クサじいはいったい何が起こっているのか聞いたが、誰も答えてくれなかった。

三人は別々の取調室へ連れて行かれた。どの部屋にも映画に出てくる取調室のように一面の壁には大きなハーフミラーが取り付けてあった。

太一が取調室に入れられると、ハリウッド映画に出てきそうなきれいな女性がスーツに身を包みやってきた。抱えてきたファイルに目を通し、少しだけなまっている日本語で聞いた。

「あなたが坂野太一君ね」

「はい」

「私はジェーン、よろしく」

ジェーンが右手を差し出してきたので、太一はその手を取って握手した。

「坂野君は昨日、空飛ぶ円盤に乗ったって本当？」

「あー、はい」

「そのことについて教えてくれないかな」

「どんなことを？」

太一は心の中でいろいろと考えた。果たしてあのことを言ってもいいものかどうか。

「中野真樹君は知っているよね？」

「はい」

「中野君のブログに昨日のことが書いてあるんだけど、知ってる？」

「書いたとは聞いたけど、まだそのブログを読んでいません」

ジェーンが合図をすると壁の一面にスルスルとスクリーンが降り、部屋が薄暗くなった。スクリーンに真樹の作ったブログが投影されている。

「これがそのブログ。格好いいわね」

「デザインは真樹がしました」

「そう。この烏帽子岩にＵＦＯが飛んでいるのがいいわね」

「はい」

「ここに書いてあることは本当？」

太一はブログにある最初の記事を読んだ。ほとんどそのとおりだったが、何カ所か違う点があったので指摘した。質疑応答が続き、ジェーンは部屋を出て行った。しばらくして戻ってくると、太一を別の部屋に連れて行った。そこはいままでの部屋とは違い、くつろいだ雰囲気の応接室だった。そこに真樹がいた。

「真樹！」

「太一！」

ふたりは抱き合った。抱き合って離れてから太一が言った。

「アメリカ映画みたい」

ふたりが笑っていると、そこにクサじいとマスオも来た。

しばらくして軍服を着た恐そうな軍人が何人か入って来た。そのうちリーダーと目される人は「ア・フュー・グッドメン」のジャック・ニコルソンのようだった。彼の話をジェーンが訳した。

「みなさん、ようこそ横須賀基地に。私は今回のプロジェクトリーダー、海軍中佐のウェイン・ベルニーと言います。まずはいろいろと説明する前にサインをしていただきたい。今回はとても迅速にことを遂行しなければならなかったので、みなさんには失礼なこともした。許してもらいたい。このサインは今回の私たちの行動に対してどんな訴訟も起こさないというサイン。そして、ここでおこなわれたことを秘密にするということへの同意書のサインだ」

四人は少々不満ではあったが、サインした。

「ありがとう。これで話がやっとできる」

ベルニー中佐は経緯をコンピューターの資料を見せながら説明し始めた。

何年か前から茅ヶ崎沖から小田原にかけてＵＦＯの飛来が認められた。しかし、年に一度程度だった。それがこの半年、急に頻度が上がり、何が起きているのか調査することになった。しかし、米国海軍は日本国内であまり公然とＵＦＯを追跡することができないので、自衛隊の行動に協力するとともに、しばらく監視していた。昨日も自衛隊機が発進したが、結局ＵＦＯの正体を暴くことはできなかった。アメリカ海軍は毎回、ＵＦＯ出現の度にインターネットを監視していた。目撃情報がいくつかアップされるからだ。ところが今回は目撃情報だけではなく、「第四種接近遭遇」を果たしたということで、すぐにそれが事実かどうか調べなければならなかった。書かれた内容が真実なら、人類滅亡を回避するために何かをしなければならない。

そこで手続きをすべて飛ばしてここに来てもらったというのだ。

太一は質問した。

「じゃあ、僕たちの体験を真実だと思ってくれるのですね」

ジェーンが訳した。

「もちろんだ。その試験のためにみなさんには少しずつ内容の違うブログを見てもらい答えてもらったが、みんなの答えが一致した。嘘だとは思えない」

マスオが興奮して聞いた。

「だけど、信じられないような内容ですよね。こんなことが起きるなんて」

「そうだ。これは一般の人たちには簡単には伝えられない。いままでも何度か本当らしい目撃情報はあったが、確信が得られるまでは隠蔽《いんぺい》するしかなかった。もしそのことでパニックが起きると収拾がつかなくなる。噂話が一番恐いのだ。事実も嘘もみんなごっちゃになって、最後には何が本当の話かわからなくなる。そのような事態が起きないようにするためには、噂自体を抑制するしかない」

マスオは両手を握りガッツポーズをした。

「よし、よし、本当にＵＦＯは存在すると認めてもらったぞ」

「古川君のお父さんのことは知っているが、この一件が終わるまでは待ってくれ」

「いやだ、すぐにパパに伝える」

クサじいはマスオを諭《さと》した。

「あわてるな。気持ちはわかるが儂たちの状況はそんなことができる状況ではない」

「いやだ！」

マスオは逆らったが、クサじいは言った。

「相手は軍隊だぞ。儂たちの命と人類全体の利益を考えれば、儂たちのことを隠蔽するためにどんなことでもするぞ。それにこれから儂たちがするべきことを失敗したら、どの道生きてはいられない。名誉の回復はあとでもできる。これからすべきことはこの三日のあいだにしなければならないのじゃ」

その言葉にジェーンは目を伏せた。マスオも黙った。

ベルニー中佐は今日も含めてあと三日、ほぼ二日のうちにどうやったらＵＦＯを飛ばせるのか、同調し、助け合い、愛し合うこととはどうすれば達成できるのか聞いた。しかし、四人とも答えられなかった。

ベルニー中佐の言葉をジェニーがさらに訳す。

「ひとつ可能性があるかもしれないのは、草川さんの息子さんの研究ではないですか？」

クサじいにはなんのことかわからなかったが、太一が「あの装置が本当に使えるの？」と聞いた。ジェニーは「みなさんの身辺はひととおり調べさせていただきました。草川猿虎博士のことも調べました。本国の専門家に問い合わせたところ『ユニークな研究をしており、可能性があると思われるが、まだ明確に結果は出ていない』と報告されました。しかし、UFOに乗った草川さんの息子さんなら、何か関係があるのかと思いお聞きしたのですが」と答えた。

するとクサじいは言った。

「なんの話をしているんじゃ」

太一が答える。

「猿虎さんは反重力の研究をしているんだよ」

「反重力?」

「理論的にはできるはずだけど、まだ完成してないって」

「そんなことをやっておったのか」

「空間を歪《ゆが》ませられるはずなのに歪まないんだって」

「空間を歪ませる?」

クサじいは何かを思い出しかけたが、思い出せなかった。

「空間を歪ませるって話はどこかで聞いたことがあるような気がする」

ポツリと言ったが、それには誰も返事をしなかった。

3

小学校ではマスコミが集まり、取材合戦となっていた。夕方のニュースでは小学生が何者かに誘拐されたと報じられた。真樹が持っていた携帯電話の電波が横須賀基地から発信されていたため、米国海軍が誘拐したかもしれないことが警察内ではすでに知られていた。一部の記者にはそのことが伝えられたが、誘拐された子供たちの命に関わるかもしれないと、発表は控えられた。しかし、ある雑誌記者が横須賀基地に押しかけ、取材させろと騒ぎを起こす。その騒ぎを別のテレビ局が取材したため、次第に情報を隠し通せなくなっていった。

4

ベルニー中佐に下士官が耳打ちした。スクリーンが出され、そこにククのブログが投影された。真樹が朝に書いた書き込みにコメントが何百とついていた。順番に読んでいくと、はじめのうちは応援のメッセージだったが、次第に様々な提案のコメントになっていった。

「感動しました。英語に訳してもいいですか？」

「英語に訳してこちらにアップしました」

「具体的には何をしたらいいですか?」

「次の書き込みを待っています」

「メーリングリストにここのURLを流しました」

「フランス語訳をこちらにアップしました」

「私たちがするべきことは、きっと祈ることだと思います。祈り合った上で、きっと一緒に何かをするのでしょう。UFOを飛ばすために何をすればいいのでしょう?」

「スペイン語訳をこちらにアップしました」

「中国語訳をこちらにアップしました」

「インドネシア語訳をこちらにアップしました」

「FMニッポンです。翌朝の電話インタビューに答えていただくことはできますか?」

「七月三十一日は明後日です。何をすればいいのか至急こちらに書いて下さい」

「こちらのブログだけではパンクする可能性があるので、転載させてもらいます」

「私のブログに転載しました」

「メールマガジンにここの情報を流しました」

「ライトピラーに会いたいです。どうすればいいですか?」

この書き込みくらいまでは良かったが、次の書き込み以降はヒステリックにコメントが増えていった。

「もしかして、小学校で誘拐されたというN君とここの『マサキ』さんは同一人物ではないですよね？　この書き込みが理由でメン・イン・ブラックに捕まったとか？」

スクリーンを見て再読み込みをする度にコメントは増えていった。そしてついにククのブログにつながらなくなった。

「きっとアクセスがあまりにも多くて切断されたのでしょう」

「外にも日本のマスコミが来ている。何かしないと騒ぎが大きくなる」

「なぜここにいることがわかった？」

「真樹君の携帯だそうです」

「そんな初歩的なミスか。記者会見をしなければならないな」

「中野真樹君をその場に連れて行かないと」

「本人の口から米軍に協力していると言わせないとならないでしょう」

「警察から問い合わせがありましたが、なんのことかわからないと返事しておきました」

「やっかいなことになったな」

「そのあとはどうしますか？」

「翌朝、対応については正式な発表をすると答えなさい」

5

マスオの父親、古川一博は全日航の勤務を終え、夕食前に帰ってきた。玄関にはマスオの妹、莉理が「おかえりなさい」を言いに出てきた。一博は莉理を抱き上げてダイニングに来た。キッチンでは妻の夏美が夕飯の支度をしている。

「また健は遅いのか」

「そんなことないと思いますけどねぇ」

一博はテレビのスイッチを入れた。七時のニュースが始まっていた。ニュースの画面を見て一博は釘付けになる。

「ちょっと」

一博は夏美に話しかけたが、声が小さくて夏美は気づかなかった。

「ちょっと」

今度は大きな声で言った。夏美は驚いて振り向く。

「どうしたの」

「これ、健の通っている小学校だろう」

「え?」

夏美はテレビを覗き込む。小学校の前で男のアナウンサーがしきりに話している。

「N君を拉致《らち》した五名ほどの男たちは、昇降口前に停めていた車にN君を押し込み、すぐに正門から走り去ったとのことです」

一博は「健は大丈夫か?」と聞く。「平気だと思いますよ」と夏美は答えるが心配になる。

「こういうときのために携帯を持たせておけばよかったのに」と言いつつ、どうすればいいか考える。

「今日は確か瞑想の日なのよ」

「瞑想なんて、子供はまだやらなくてもいいんじゃないか?」

「仲のいい太一君の誘いだからって、断れなかったようよ」

「俺たちの子供の頃に瞑想なんかしてたら、変人扱いされたぞ。その瞑想しているところに電話かけられないのか?」

夏美はマスオから教えてもらっていた電話番号を携帯電話に表示して見せた。一博はその携帯電話を取り、そのまま発信させた。誰も出て来ない。留守番電話に切り替わったのでメッセージを入れる。

「もしもし古川健の父、古川一博と申します。突然のお電話失礼いたします。うちの健がまだ帰ってきません。昼間に小学校で起きた事件のこともあるので、心配になって確認の電話をいたしました。もしこの留守番電話をお聞きになって、よろしければ、次の電話番号にお電話いただけますか。番号は〇八〇－九五三六－××××」

電話を切って携帯を夏美に返しながら言った。

「気になるから迎えに行ってくるよ。瞑想は何時に終わるんだ？」

「もう終わっているはずよ」

「そうか、じゃあ行き違いになるかもしれないな」

一博はビールを飲みながら待つことにした。不安な顔をしていた莉理は、父親が旨そうにビールを飲むのを見て安心した。しかし、マスオは三十分しても帰ってこない。枝豆をつまむ速度も次第に遅くなる。心配になって一博は瞑想場の住所を聞いてタクシーで行ってみた。瞑想場はライトがつけっぱなしで鍵も掛かっていなかった。人を呼んでも誰も返事をしない。嫌な予感がした。

家に帰ってすぐに太一の家に電話した。誰も出ない。留守番電話に瞑想場にかけたときと同じメッセージを残した。受話器を置いてからもうひとりの友達、中野真樹の家へ電話した。すると、真樹の父親隆史が、神妙な声で電話に出た。

「もしもし」

「あ、もしもし、中野真樹君のお宅ですか？」

「はい」

「いつもお世話になっています。古川健の父親です」

　一博がそう言った途端、電話の向こうでいっせいにため息が聞こえた。

「もしもし、なんかそちらにたくさんの人がいるようですね」

「はい、いまちょっと立て込んでいるんですよ。電話が掛かってくると困るんで、これで切ります。失礼します」

「あ、もしもし。もしもーし。切れちゃったよ。なんかせっかちだな。話くらい聞いてくれてもいいのに」

　夏美がキッチンから聞いた。

「どうかしたの？」

「中野君のところに電話したのに、すぐに切られちゃったよ。なんかすごく緊張していたみたい」

　夏美の手が止まった。

「なんですって？」

「だからさ、中野君のところに電話したのに切れちゃったんだよ」

「中野君？」

「そう、中野君」

　夏美は一博のところまで来て言った。

「ニュースのN君は、中野君のこと？」

「ま、まさか」

「でも、違うという保証というか、証拠はないでしょう?」

一博は飛び上がるように立った。

「中野君の家の様子を見てくる」

住所を聞いてコンピューターを開き、地図を検索してプリントアウトした。

「すぐそばなんで、自転車で行ってくるな」

一博は出て行った。

目的地に着くと、そこには何台かのパトカーとメディア関係のカメラマンなどが脚立を置いて張っていた。一博はメディア関係者らしい数名に何が起きたのか聞いてみたが、誰も答えてくれなかった。仕方ないので中野君の家に入ろうとしたら、玄関で警官に止められた。

「どなたですか?」

警官が聞くので一博は答えた。

「中野真樹君の友達の古川健の父親ですが、誘拐されたのは真樹君ですか?」

ふたりの警官は困ったという顔をした。

「そうなんですね。実はうちの息子も行方不明のようなんです」

ひとりの警官が無線機に向かって何か言った。しばらくすると中から、刑事らしき男性が出てきた。

「どうなさいました?」

6

「ちわっす」

いつものように威勢良く雄大はジャズ・ジラフの扉を開いた。マスターは雄大の顔を見るとあごをしゃくってカウンターの奥の席を示した。そちらに視線を注ぐと、手をひらひらと振っている恵子がいた。

「太一は一緒じゃないの?」

「今日は瞑想で、あとで来るはず」

「そっか。最近瞑想のせいか、ペットの音がいいんだよね。これも太一のおかげだな」

そう言って雄大は舞台の準備に行った。恵子はひさしぶりにサイドカーを飲んでいた。結婚する前、雄大と飲みに行くと必ずこのカクテルを頼んだ。結婚してからはあまりサイドカーのお世話になっていなかった。ひさしぶりに一緒に暮らすようになって、そのことを思い出した。学生の頃、その名前は一種のシャレだと聞いた。サイドカーに乗っているときに事故を起こすと、運転している男性より、同乗している女性のほうが怪我をしやすい。なぜなら、事故はほんの一瞬の出来事で、運転手は反射的に自分を守ろうとして、サイドカーの部分を当ててしまうからだという。そこから来て、サイドカーは口当たりがいいのにアルコール度数が高いので、女性にダメージが大きいのでこの名になったとか。そんなことを思い出して恵子はちょっと微笑んでいた。

様子を見ていたマスターが恵子のそばに来た。

「機嫌がいいね」

「そうね。この前はごめんなさい。ご迷惑だったでしょう」

「まあ、人は感情の起伏があるから人なんでさ、あまり気にすることはないよ」

「ありがとう」

「太一君もペット吹くようになったね」

「そうみたいね」

「何年かしたら親子デュオで出演してもらおうかな」

「あら、いいわね。じゃあそのとき私はボーカルで参加しようかしら」

「家族トリオだね。そりゃうけるかもしれない」

マスターは新しい客が入ってきたのでそちらに行った。入ってきたのは馴染みの客、三好だ。近所で不動産屋をしている。新婚の頃、この店で何度か会っていた。

「お、恵子さん、ひさしぶりじゃない」

「こんばんは」

「何年ぶりだろう。太一君が生まれて、三、四歳の頃には会ってるからね。太一君はいまいくつ？」

「十歳です」

「じゃあ、六、七年ぶりだね。最近はどう？」

「ぼちぼちでんな」

ふたりは笑った。三好はふいに真面目な顔で話し出した。

「そういえば、お昼にあった小学校の事件は聞いた？」

「小学校の事件？」

「そう、小学校から小学生がひとり、給食の時間中に連れ去られたんだって」

「えっ？　誰が？」

「それがわからないので聞きたかったんだよ。誰が連れ去られたんだろう？」

恵子はそれがまさか太一ではないかと心配になった。家の留守番電話に何か電話が来てないか確かめることにした。携帯電話で自宅へ電話する。着信音二回で留守番電話に切り替わった。何か伝言が入っているようだ。暗証番号を押して留守番電話を再生する。

「もしもし古川健の父、古川一博と申します。突然のお電話失礼いたします。うちの健がまだ帰ってきません……」

恵子は留守番電話に残されていた電話番号に電話をかけてみる。呼び出し音三回で相手が出た。

「もしもし、古川一博さんですか?」

「はい、失礼ですが、どなた様でしょうか?」

「坂野太一の母です」

「ああ、お電話ありがとうございます」

「マスオ君、というか、健君は無事でいらっしゃいますか? 太一君はどこにいるかご存じですか?」

「いえ、まだどこにいるのかわからないんです。太一君はどこにいるかご存じですか?」

「もうすぐライブハウスで会う約束をしています」

「そうですか。では、もうすぐそちらに現われるのですね?」

「多分」

「先ほど、瞑想場に行ったんですよ。そしたら、ライトはつけっぱなしだし、鍵も掛かってなかったので、ちょっと心配なんです。多分太一君と一緒ですよね」

「多分」

「もし何かわかったら、この携帯電話にご連絡いただけますか?」

「もちろん。もし太一のことがわかったら私のほうにもご連絡お願いいたします」

「了解です。じゃあまた」

電話を切った古川一博は、中野真樹の家で警官に囲まれていた。

ジャズ・ジラフでは雄大の演奏の第一セットが始まった。

7

中野家では刑事三名と真樹の両親が、電話の掛かってくるのを待っていた。そこに古川一博が訪ねてきた。一博は家の中に入れてもらって、真樹が連れ去られたことを聞いた。そして、自分の息子もいないことを伝え、途中で電話が掛かってきたので、坂野太一までもどこにいるかわからないことが判明した。警察は真樹の携帯電話の受信記録を調べ、横須賀基地にいることはつかんでいた。そこで、警察から防衛省、防衛省から米国海軍へと連絡を取ってもらうが、真樹の行方は杳《よう》としてわからなかった。

第一セットが終わり雄大は恵子から事の子細を聞いた。話をしてしばらくして、前の晩に変なことを相談されたのを思い出した。

「恵子、実は昨晩、太一に変なこと言われた」

「変なこと?」

「ああ、UFOに乗ったっていうんだ」

「まさか」

「あり得ないよな。だから、そんなあり得ない話するなって言ったんだ。ひょっとして今晩いないのはそれが関係しているのかな?」

しかし、何もできぬまま第二セットに入る。

第二セットはあまりいい演奏にはならなかった。

第二セットが終わり、太一が来ないので警察に届けようとしたら雄大の携帯に電話が掛かってきた。相手の番号は見たことのないものだった。

「もしもし」

「もしもし。太一だよ、パパ?」

「太一、いまどこで何してるんだ?」

「いまね、横須賀で大変なことになっているんだ」

「なんで横須賀で、どう大変なんだ?」

「いまは詳しいこと言えないんだけど、もうすぐニュースに出るかもしれない」

「ニュース? なんで? なんか変なことしたの?」

隣にいた恵子が我慢できずに雄大の携帯電話を取って耳に当てる。

「もしもし、太一、いまどこにいるの?」

「横須賀」

「なんで横須賀なんかにいるの? 早く帰ってらっしゃい」

「今晩は帰れないかもしれない」

「なんで？　小学生が外泊なんかしちゃダメでしょう」

「したくなくても仕方ないんだ。出られないんだもの」

「どこにいるの？」

「だから、横須賀」

「横須賀のどこ？」

「横須賀のアメリカの海軍基地」

「えーっ、なんでそんなところにいるの？」

「だから、事情があって出られないんだ。父さんに替わって」

「何を言っているの。母さんに説明なさい！」

「いま、時間がないんだ。父さんに替わって。あとで父さんに詳しく聞いて」

「なんで父さんなの！　母さんじゃだめなの？」

雄大が恵子から電話を取り上げた。

「もしもし、太一、これは昨晩話した話の続きか？」

「そう」

「いったいどうなっているんだ？」

恵子が電話のそばで大声で言った。

「早く帰ってきなさい」

「恵子、うるさいよ、ちょっと待って。太一、いったいどうなっているんだ？」

「明日の朝のニュースで詳しいことが発表されるから、それまで待っていて。そのことについて僕とマスオと真樹とクサじいが、米軍と自衛隊に協力するんだ」

雄大は驚き、叫ぶように言った。

「ちょっと待て、お前まだ小学生だろう。米軍と自衛隊に協力するって、いったいどうやって協力するんだ」

「だから、いまは言えないって。あとでニュース見て」

そこで電話はプツッと切れた。

「太一！　おーい、太一！」

雄大は携帯に向かって叫んだが、もうその声は届かない。

「いったいどうしたの？」

恵子が両手で雄大の肩を揺らした。

雄大は定まらぬ視線でささやいた。

「米軍と自衛隊に太一が協力するんだって」

8

真樹の家にも電話が掛かってきた。刑事も母親も緊張しながら隆史の電話対応を見つめる。

「もしもし」

「もしもし、父さん。真樹だよ」

「ま、真樹。お前いまどうしてるんだ」

「元気だよ。大丈夫、何も問題ない。ご飯も食べた」

「いったいどういう状況なのか説明しなさい」

「うん。いまね、横須賀の米国海軍基地にいる」

「横須賀の米国海軍基地？　なんでそんなところにいるんだ？」

「いまはあまり詳しいことが言えない。あとでニュースにでるかもしれないからニュースを見て。明日の朝のニュースには詳しいことが発表されると思う」

「おい、それはどういうことだ？」

「僕は誘拐されるように連れ出されたけど、誘拐されたんじゃなくて、協力することになった。米軍と自衛隊に」

「それはいったいどういうことなんだ？　早く帰ってきなさい」

「今晩は無理だと思う。また電話するよ」

「おい、真樹！」

電話は切れた。そのとき、刑事の携帯電話が鳴り出す。上司から、中野家の張り込み解除の指示だった。

刑事の電話の最中に古川一博の携帯も鳴り出した。

「もしもし」

「もしもし、パパ」

「もしもし、健か？」

「そ、だよ」

「いまどこにいるんだ？」

「いますごいことになってる」

「何が？」

「内緒だけど、実は、昨日、僕、ＵＦＯに乗ったんだ」

一博は驚き、黙ってしまった。

「もしもし、父さん。ついにＵＦＯに乗ったよ」

「ほ、本当か？」

「本当さ。それで、いま、アメリカの軍隊と自衛隊とに協力して、いろいろとしなきゃならないことがある。だから、今晩は帰れない」

「そ、そうか」

「父さん……」

「なんだ」

「父さんのかたきを取るからね。世界中の人たちがＵＦＯは飛んでいるんだって信じられるようにするから。これで父さんはパイロットに戻れるよ」

「あ、ああ。ありがとう。でも、危ないことはするんじゃないぞ」

「危ないことはしないさ。もう誰も父さんのこと嘘つき呼ばわりできなくなるよ」

「そうか」

「ニュース見ていてね。今晩と明日の朝。明日の朝に詳しいことが発表される。それまではいまのことは誰にも内緒にしていて。ＵＦＯが来たなんて、急に知らされたらパニックになっちゃうからさ」

「ああ、わかった。無理するんじゃないぞ」

「わかってる。約束どおりパパの操縦する飛行機に乗せてね」

「ああ、わかった。気をつけるんだぞ」

一博は電話を切って、真樹の家族に挨拶し、その場を去った。ひとり夜道を家に向かって歩きながら泣いた。

9

夜に流されるニュースはどこも小学校での拉致事件と横須賀基地の関係を取り上げようとしていた。しかも、横須賀基地で緊急の記者会見が開かれるという。各局はクルーを横須賀基地に送った。湾岸テレビの「ニュース・オメガ」のクルーも横須賀基地の入口に足止めされていたが、十時過ぎに記者会見場に入ることを許された。はじめは五十名程度が入られる会議室が記者会見場として指定されたが、しばらくして大きな部屋に変更された。中継のための機材を運ぶためにそれぞれのメディアは大童《おおわらわ》だった。

ディレクターの早坂美希は記者会見の要旨を前もって手に入れようとお願いしたが断られたので、携帯電話で知人に当たり、なんとか横須賀基地内の情報を得ようとしていた。結局、事前にはたいした情報は得られなかった。その脇で、いつもならメインキャスターと一緒にスタジオにいる西川由美がマイクを持って緊張した面持ちで時が来るのを待っていた。

十一時に「ニュース・オメガ」はテーマ音楽とともに始まった。いつものようにメインキャスター飛谷志郎は語り出す。

「こんばんは。本日正午頃、茅ヶ崎市立東海岸小学校から子供が拉致されどこかに連れ去られたというニュースが入りました。その後の調べでその小学生N君は、なんと米国海軍横須賀基地に拉致されたようだと一報が入り、横須賀基地に問い合わせをしました。はじめのうちは否定していたのですが、ついに午後十一時、記者会見を開くことになりました。現場の横須賀基地に、普段はここで一緒に座っている西川由美が取材に行っています。西川さん！」

「はい、西川です。まだこちらでは何のための記者会見なのか、その内容が明らかにはされていません。飛谷さんが言ったとおり、果たしてN君の拉致に関してのことなのかどうかも、まだわかっておりません。記者会見の予定は十一時からだったのですが、先ほど五分ほど遅れて開始するとアナウンスがありました」

　飛谷が話しかける。

「現状、わかる範囲で結構ですから、そちらの状況を伝えてください」

「はい。普通でしたらこのような会見の場合、内容を簡単に伝えていただき、それに合わせて番組の構成などに反映させるのですが、今回は異例で、一切の事前情報がありません。現場はかなり混乱しています」

「やはり、N君のことについて何か発表があるのでしょうか？　そのあたり、雰囲気だけでもわからないですか？」

　そのとき米軍横須賀基地広報官のダニエル・スミスが会見場に現われた。西川はそのことを伝え、ニュース・オメガの画面は広報官のアップになった。

「報道各社のみなさん、本日は深夜に遠方から来ていただきありがとうございます。本日の記者会見は中野真樹君の米軍に対しての協力について説明させていただきます」

「中野君は拉致されたのですね？」

　誰かが声を上げた。

「違います。その件も含めて説明いたします」

「ニュース・オメガ」ではメインキャスターの飛谷志郎がモニターを見つめている。広報官は話を続けた。

「本日午後十二時二十分、茅ヶ崎市立東海岸小学校五年生、中野真樹君にお願いして、横須賀基地に来てもらいました。時間がなかったため、やむを得ず小学校の担任の先生などには伝えずに、本人と直接交渉してそのようにさせてもらいました。来ていただいた理由は、茅ヶ崎沖での怪現象についての証言を得るためです。この件については、日本の自衛隊とも協力して、調査を進めるつもりであります。中野真樹君は現在、その現象に対しての対応を考えるために関係者と会議中です。その結果は、明日の早朝に発表いたします。現在お伝えできることは以上です」

「中野君には会えないのですか？」

「怪現象とはどんな現象ですか？」

「怪現象とはＵＦＯのことですか？」

　たくさんの質問を無視して広報官はその場から出て行った。

飛谷が画面に語りかける。

「西川さん、短い会見でしたね」

「ええ、そうですね。結局伝えられたのは明日の早朝まで真実は伝えられないということですね。しかし、広報官の口からはっきりと中野真樹君の名前が告げられました」

「内容がはっきりしてないのに名前が公になってしまっていいのかどうか、テレビ局としては対応が微妙ですが、広報官が生放送で言ってしまったものは仕方ないですね」

「そうですね。だけど中野真樹君は無事であることが確認されただけでも収穫ではないでしょうか」

「そういうことのようですね。西川さん、お疲れ様でした」

画面はスタジオに切り替わる。

「さて、今回拉致された、または米国海軍によれば協力していると言われるN君、いまとなっては中野真樹君と公にされましたが、その中野君のお父さんにつながっています。こんばんは」

電話を利用して、音声だけがつながった。声色はイコライザーで変えられていた。

「こんばんは」

「中野真樹君のお父様ですね」

「はい、そうです」

「公になったので音声を普通にしてもいいですか？」

「はい、いいですよ」

「今回の拉致というか、米国海軍の無理矢理と思われる協力要請についてどう思われますか？」

「いや、驚いています」

「お父様は真樹君が米国海軍に捕まる心当たりはありますか？」

「いや、ないです」

「こちらの調べによると真樹君はブログを持っているということですが、本当ですか？」

「はい、本当です」

「どんなブログですか？」

「茅ヶ崎ＵＦＯ研究会というブログです」

「それはどんなブログですか？」

「小学校の友達と開設している他愛もないブログです。どこにＵＦＯが飛んでいたとか、ＵＦＯはなぜ飛ぶのかとか。そんなようなことが書いてありました」

「そこに今日の朝、何が書かれたかご存じですか？」

「先ほど、報道関係の方から聞かされました。それまでは知りませんでした」

「そうですか。こちらにそのブログの画像がございます。そこに書かれていたことを読みますので、一緒に聞いてください」

飛谷はスクリーンに映し出されたブログを声を出して読み始めた。

「僕たちはついに第四種接近遭遇を果たしました。南足柄市の杉林の中にいたとき、僕たちは膜のようなものに包まれました。その膜はプリズムのように、見るものの輪郭を七色に分解しました。その膜に乗ってかなり上空へと連れて行かれました。そこで彼らは現われました。三体の光の柱が現われたのです。僕らはそれをライトピラーと呼ぶことにしました。ライトピラーは僕たちに何かを伝えてくれるのですが、それは言葉ではありませんでした。ある感覚がやってきて、それを味わうことでその感覚を僕たちは翻訳しました。

人類は負の連鎖を拡大させました。このままでは、地球上の生命は、重大な危機に瀕することになります。その危機を回避するため、僕たちはひとつの提案をされました。それは、僕たちが愛すること、同調すること、助け合うことを通して、新たな領域に入ることです。それは、いままでの搾取を中心とした文化では不可能なことです。互いに与え合い、助け合う、パラダイムの創出です。それを七月三十一日までに可能にしなければ、僕たちは緩慢な滅亡へのステップを踏んでいくことになるだろうと言われました。新たな領域に入るために、与え合い、愛し合う世界になることで僕たちはＵＦＯを飛ばすだろうと言われました。しかし、その正確な意味を把握しかねています。もし何かわかることがあったら、ここのコメント欄に書き込んでください。この解決はきっと僕たちが響き合うことでしか得られないから」

情感を込めて飛谷は読み上げた。

「ちなみに、この文章の冒頭に登場する第四種接近遭遇という言葉ですが、調べました。かつて「未知との遭遇」というアメリカ映画がありましたが、あの原題「Close Encounters of the Third Kind」というのですが、これが第三種接近遭遇なんですね。この言葉、映画の監修もしていた元アメリカ空軍UFO研究部顧問のアラン・ハイネックという人が定義した言葉だそうです。で、第一種から第四種まであるそうです。「未知との遭遇」はそのうちの第三種がタイトルになっていたのです。

さて、第一種が何かといいますと、空飛ぶ円盤を至近距離から見ること。見たことを第一種接近遭遇というんだそうです。そして第二種はと申しますと、空飛ぶ円盤が周囲の何かに影響を与えることだそうです。つまり強い光を浴びた植物が枯れるとか、着陸したあとが土の上に残るとかですかね。さて、第三種、「未知との遭遇」のタイトルにもなった接近遭遇は、空飛ぶ円盤の搭乗員と接触することだそうです。じゃあ、第四種ってなんでしょう？　もっとすごいことです。第四種、それは空飛ぶ円盤の搭乗員に誘拐されたり、インプラントを埋め込まれたりすること。あるいは、空飛ぶ円盤の搭乗員を捕獲、拘束することだそうです。

真樹君のお父様。これを聞いて何か心当たりとか、思うところとかございますか？」

「いや、よくわからないので、お恥ずかしい限りです」

「もしかしたら真樹君はアメリカ軍にこのブログが原因で無理矢理協力させられているのかもしれません。いったいどういうことでしょう？」

「詳細はわからないのですが、このニュースが始まる直前に横須賀基地から電話がありまして、息子と話をしました」

「えっ、そうなんですか？　真樹君はなんと言ってましたか？」

「一応元気にしてると。心配しなくても平気だと。元気そうでしたし、食事もちゃんとしているようです。ただ、なぜ横須賀基地に行ったのか、その理由だけは今は言えないと言ってました。明日の朝早く発表になる予定なので、それまで待ってくれと言われました」

「そうですか。じゃあ、無事は無事なんですね。よかったですね」

「ありがとうございます」

「ところで、このブログに書いてあることは理解できますか？」

「うーん、書いてあることはわかりますけど、なんか現実的じゃないですよね」

「そうですね。もしこれが本当だとすると、米国海軍は人類滅亡を食い止めるために何かの情報を得ようとしているんでしょうかね？」

「さあ……？」

「それでは、ご協力ありがとうございました。深夜にすみませんでした」

「ありがとうございました」

「さて、次は電話が防衛大臣の吉羽さんにつながっています。吉羽さん、こんばんは」

「こんばんは」

テレビ画面には吉羽防衛大臣の写真が映し出された。

「さきほどの米国海軍の記者会見はごらんになりましたか?」

「はい、見ました」

「自衛隊に協力してもらってと言ってましたけど、米国海軍からは何か要請はございましたか?」

「はい、ありました。現在、統合幕僚長が電話で会談をしております。のちほど報告があるはずです」

「それは真樹君に関してのことですか?」

「そうですね。今日のお昼に小学生が連れていかれた理由を聞いているはずです」

「小学生を無断で連れて行くというのは普通では考えられないですよね」

「そうですね。ただ、このことに関して、現在はまだなんとも申し上げられません」

「もし、報道されているように、拉致されたというのであれば、日本政府としてはアメリカ政府、またはアメリカ軍に何か措置を執らなければならないと思いますが、その点に関してはどうお考えですか?」

「まだ状況を把握してないので、なんとも申し上げられません。仮定の上に立った推測は立場上言えませんので」

「では、統合幕僚長の報告を受けてからの対応ということになりますね」

「そうです」

「わかりました。ありがとうございます」

10

吉羽防衛大臣は電話を切るとすぐに会議室に入った。このときすでに米国海軍横須賀基地内にいた。会議室にはベルニー海軍中佐と秘書のジェーンがいる。ベルニーと吉羽は握手をし、ジェーンがベルニーの言葉を訳す。

「急なお招きに応えていただきありがとうございます」

「いえ、前々からのお約束ですから。八坂統合幕僚長ももうすぐここに来るはずです」

「八坂統合幕僚長にはすでに伝えてあることに関して、先に説明させていただきます。航空自衛隊からの報告にもあるとおり、この半年間に相模湾に多数の未確認飛行物体の報告がありました。一方で、アメリカ国内の霊的指導者数十名、および一般国民からもこの件に関連するかと思われるある種の指摘を受けているため、今回の飛来に関しては看過できないと判断し、対策を講じることにいたしました。霊的指導者によって少しずつ表現は違うのですが、大まかに言えば『この夏、または七月末に、人類の存続に関する重要な儀式を行なわなければならない』という内容でした。それが具体的には何なのか、調べてきたのですが、ちょうど今回の未確認飛行物体の件と、この儀式とが関係あるのではないかと考えて対策を練っています。こちらをご覧ください」

スクリーンにたくさんの羽根を頭につけた男性の写真が映し出された。

「ラコタのメディシンマン、プシチャです。彼は夏が始まるまでに火を飛ばさないと、人は地の果てに追いやられると予言しました」

スクリーンの写真が代わり、マリア像が映された。

「これはニューヨーク、セント・パトリック教会のマリア像です。よくご覧ください。目から涙を流しています。これで騒ぎになり、バチカンから派遣された司祭が調査したところ『イルカの背びれの形をした岩が光るときが来た』と言いだしたそうです」

次の写真は年老いた老婆の写真だった。

「彼女はサイキックです。マリア・ヌヴァーレといいます。ときどき迷宮入りしそうな事件の解決を手伝ってもらいます。彼女は『日本で光る玉が大きな岩を浮き上がらせる。失敗は許されない。失敗するともとには戻れない』と言ってます」

次の写真は画面に数十名の老若男女が映し出された。

「このような報告が米国政府に一〇二五件寄せられています。このような報告は常に一定数はあり、特に社会情勢が不安定なときに多いのですが、これだけの数が集まることは滅多にありません。しかも、これらの言葉が指し示す出来事が今回の相模湾の件と関係があるのではないかと思える報告をピックアップすると八六七件あり、全体の報告数の八四・六パーセントと非常に高率なため、看過できないと考えています」

「千件ちかい報告はすべてサイキックな人たちからなのですか?」

「いえ、一般人も含まれます。割合は……」

ジェーンは手元の資料をめくって探した。

「割合は、サイキックと認められている者四パーセント、認められてない一般人九十六パーセントとなっています」

そのときドアが開き、八坂統合幕僚長が入室してきた。ベルニー中佐と握手し、吉羽防衛大臣に敬礼した。吉羽は八坂に聞いた。

「現在、アメリカ空軍がアメリカ国内で把握している現象について説明を受けました。日本ではどうなっていますか?」

「はい。二月頃から未確認飛行物体の発現頻度が上がっています。何度か接近したのですが、もっとも鮮明な映像を持ってきています。流してもらえますか」

流されたのは大磯上空で撮影されたＵＦＯだった。八坂は緊張した面持ちで言った。

「このように非常に速い速度で方向を変えながら飛んでいきます。しかも、この光の玉はどのように解析してもその内部がわかりません。一定の強い光が発せられていることがわかります。表面の温度は摂氏三十五度と、あまり高いものではありません。飛行コースはいつも江ノ島、姥島あたりに出現し、南足柄市近辺で消失します」

　吉羽が質問した。

「なぜこのＵＦＯと、アメリカの予言が結びついたのですか？　普通であれば、アメリカの出来事と日本の出来事でしかないのではないですか？　確かに姥島、通称烏帽子岩はイルカの背びれのようですが、そのような岩は世界中にはいくつかあるでしょう」

　ジェーンはコンピューターを操作した。

「そのとおりです。しかし、これをご覧ください」

　画面にはアメリカ・インディアン、ラコタの人たちが輪になって単調なメロディーを歌っていた。八坂はそのメロディーを聞いて驚く。吉羽は説明するようにうながした。

「これはＵＦＯが発しているメロディーと同じです。さきほどの映像からヘリコプターのノイズを消去し、再生速度を落とすと聞こえます。そのデータもあります」

　スピーカーからラコタの人たちが歌っているのと同じメロディーが電子音で聞こえてきた。

　ジェーンが言う。

「これでアメリカでの現象と烏帽子岩での現象が結びつきました。ラコタの人々は突然このメロディーを歌い出し、神につながるメロディーだと言ったのです。さらに、ＵＦＯが飛来した日の前後に何かネット上で情報が流されていないかを監視した結果、中野真樹君が書き込んだブログがヒットしました。そして……」

ジェーンがコンピューターを操作するとスクリーンに少年三名と老人の似顔絵が現われた。とても詳細な似顔絵でまるで写真のようだ。似顔絵の背後には球体が浮かんでいる。

「サヴァン症候群はご存じですね」

ジェーンの問いかけに吉羽は答えた。

「あの、映画『レインマン』のお兄さんの症状ですよね」

「そうです。これは絵において特異な才能を現わすマット・クレモンがサンフランシスコで描いたものです。クレモンはこれを書きながら『七月三十一日』と繰り返し言いました。彼は日本には来たことがありません」

「で、この似顔絵は？」

ジェーンが合図するとドアが開き、太一、真樹、マスオ、そしてクサじいが入ってきた。吉羽も八坂も息を飲んだ。四人の顔はまさに似顔絵そっくりだった。

「信じられない」と吉羽はつぶやいた。そのとき、吉羽の携帯電話が鳴り出した。画面を見て「失礼」と言って着信に答える。

「もしもし、できた？　そう、そう、わかった。うん、ありがとう」

吉羽は電話を切り言った。

「依頼どおり、中野真樹君のブログが使えるようなりました。かなり大きな数のアクセスがあっても表示できるようになりました。コメント用のハードディスクも十分用意したそうです。

プロバイダーは警察の協力要請にスムーズに応えてくれました」

スクリーンにブログが映し出された。コメントは一ページあたり二十件表示できるようにセットされていた。コメントのページ数は二三〇ページと表示されていた。

「四千六百件のコメント」

吉羽はあきれたようにつぶやいた。最新のページをジェーンが開くと、そこに表示されたコメントは様々な言語で書き込まれていた。ジェーンはコメントの翻訳と分類を同席していた情報分析官に頼んだ。見ている間にも再読み込みをする度にコメントの数は増えていった。

「これからどうすればいいのか、いいプランはあるのですか？」

吉羽のため息にも似た問いにジェーンは答えた。

「恐らく、あります」

ジェーンが太一たちに視線を投げかけると、太一は右手の親指を立てた。

11

その晩遅く、クサじいは仮眠するために与えられた部屋でひとり瞑想をした。漆黒の静寂に心を浸していると、次第に意識の中で見える風景が薄明るくなってくる。タキの声が聞こえた。

「よくここまで来ましたね」

「お前が儂の手を引いてくれたからじゃよ」

「そんなことないわ。あなたが自分の力でここまで来たの」

「ありがとう。お前には何度も助けられてきた」

「私がそうしたかったから」

「なんでお前は儂のことをいつも助けてくれたんだ？」

「なぜでしょうね？　私にもわからないわ。愛するって、そういうことなんじゃない？」

「また誤魔化す。儂はいつも誤魔化されてきた」

「じゃあ、教えてあげましょうか。実は、ずっと昔、昔の昔のもっと昔、あなたは私のことを命をかけて守ってくれた。そんな気がするの」

「えっ？」

「そんな気がなぜするかはわからない。でもそう思うの。だから私は今回あなたのことを助けられてとてもうれしい。やっと恩返しができるんだもの。そして、その思いがこれから、あなたの体を通して世界中に広がっていく。あんなすごいことをするあなたのことを助けられたことが私の誇りよ。これでいい？」

「ああ。なんか照れくさいな」

「あなたは言ったわ。世界中が泥沼になったら、そこから咲く蓮の花はいっそう美しくなると。いまできることは泥沼をかき混ぜることかもしれないけど、いつかそこから蓮の花が咲く。そのときまで泥沼を大切にしなければならないと」

「そんなこと言ったかな」

「言ったわ」

「言ったとしたら、それはお前がいてくれたからだ」

「ふふっ、そう言ってもらえてうれしいわ」

「最後の日に何をすればいいのか教えてくれ。どうすれば助け合えるのじゃ。どうすれば愛し合えるのじゃ。どうすればＵＦＯを飛ばせるのじゃ」

「いのちには制限がないのよ。人間は人間として考えるから制限を作る。あなたも生命のひとつと考えてみて。いのちは宇宙と同じ。宇宙はいのちと同じ」

「いのちは宇宙と同じ。宇宙はいのちと同じ」

「そう、それはまるでひとつの詩《うた》なのよ」

12

情報分析官のアーヴィン・ボルツはククのブログに集まってきたコメントに何か解答がないかと解析していた。しかし、解析すればするほど、そこには混沌があるばかりだ。愛するためにすることは、歌え、踊れ、祈れ、叫べ、抱き合え、ある宗派に属せ、お参りしろ、聖書を読め、エーリッヒ・フロムの本を読め、なんとかというアニメを見ろ……。

ボルツの仕事は寄せられたコメントから、世界中の人々が同調し、助け合い、愛し合うために何をすればいいのか、それを探すことだった。そして、それを通してどうすればUFOを飛ばすことができるのかを見つけようとした。しかし、まったくわからなかった。果たして明日の早朝までに多くの人が一斉にできる儀式のようなものが見つかるのか、全然自信がなかった。

太一たち三人の子供は眠くて寝てしまった。翌朝は午前五時に起きる約束になっている。そして、午前六時から記者会見の予定だ。

その晩、太一は夢を見た。おじいちゃんが持っていた白い玉と黒い玉を手渡された。両手に持って「どうしたらいいの？」と思っていると、おじいちゃんは微笑んで消えていった。ふたつの玉は暖かく、鼓動していた。

海軍中佐ウェイン・ベルニーの報告を受けて、海軍大佐で横須賀基地の総責任者であるダグラス・シェパードは本国にいる国防長官トーマス・ノートンと電話で話すことになった。

「シェパード大佐、いつも環太平洋の安全のための献身をありがとう。今回の事件に関しての詳細な報告に関しても感謝する。このような状況でしか話ができないことを許してくれ」

「ありがとうございます」

「さて、今回の報告についていて問題がひとつある。このような接触を日本で持たれては困るのだ。理由はわかるな」

「はい、長官」

「このような世界の歴史に残るような事件が日本で起こっては、合衆国の面子に関わるのだ。恐らく経済効果も大きなものになるだろう。なんとかこの接触を中止させてくれないか」

「しかし、長官、お言葉を返すようですが、七月三十一日までに接触をおこなわないと、緩慢な滅亡が始まると言われています」

「そんなこと本当に信じるのか？　草川というじいさんのたわごとではないのか？　もしそうだったらどうする？　世界の歴史に残るのは日本だということになってしまうぞ。ただでさえ最近の日本はアニメや車、日本食や電気製品などでアメリカ国民の精神的支柱のひとつになりはじめている。この傾向を加速させるような事件は中止させなければならない」

「はい、長官」

「七月三十一日までに接触しないと滅亡するとかしないとか、そのこと自体が虚偽であり、その接触を止めるように工作するのだ。いいな」

シェパードは電話を切ると、すぐにベルニー中佐を呼び出した。

13

翌朝、午前五時四十五分。横須賀基地の会議室には世界各国のメディアが集まっていた。湾岸テレビは急遽「ニュース・オメガ」の特別番組を仕立て会見を取材することにした。

湾岸テレビのクルーたちは横須賀のホテルに泊まり、情報を集め、記者会見に臨んだ。記者会見が六時なので、前後関係を伝えるために特別番組は五時五十分から始めることになった。

「ニュース・オメガ」のテーマ曲が流れ、飛谷志郎が画面に映された。

「おはようございます。いつもですとこの時間は寝ているんですけど、昨日入ったニュースを今朝、生でですね、伝えるために、スタッフ全員徹夜で準備いたしました。それほど驚くべきニュースをこれからお伝えいたします。もし私たちが調べ上げたことが真実であるなら、今日、そして明日は歴史に残る日になるかもしれません」

画面が切り替わりビデオが流された。

画面は揺れていた。映し出されたのは小学校の廊下。遠くに黒のスーツを着た男たちが走っていく。アナウンサーの声がかぶる。

「これは、昨日午後十二時二十分、中野真樹君が米国海軍と思われる人たちに拉致されたときの映像です。これを携帯電話で録画した加川奈緒ちゃんがその様子を伝えてくれました」

加川奈緒の顔がアップになる。

「はい。隣のクラスで何か大きな音がして、坂野君が「マスオ！」って叫んだので、なんだろうと思って廊下に出たら、坂野君が男の人たちとなんか取っ組み合いしてて、中野真樹君が黒い服の人たちに引っ張られていくところだったんで、携帯出して録画しました」

アナウンサーの声が告げる。

「私たちは、中野君を助けようとして取っ組み合ったという坂野君を探しました。ところが……」

映し出されたのはジャズ・ジラフのカウンターにいる雄大と恵子だった。

「はい、太一はいま横須賀の米軍基地にいるようです」

その場に行ったディレクターが質問する。

「なぜ横須賀の米軍基地に行ったのですか?」

「いや、それは僕も聞きたいところです。ついさっき電話がかかってきて、心配しなくていいと言ってました」

「ご本人がですか?」

「はい、太一本人がです」

「脅されていたとか、何か異常な雰囲気は感じませんでしたか?」

「いえ、いつもと同じ普通な感じでした」

「では、なぜ横須賀基地に行ったのでしょう?」

雄大は困った顔をしながらも言った。

「実は、前の晩、太一はUFOに乗ったと言っていたんです」

「UFOですか? つまり空飛ぶ円盤?」

「たぶんそうなんでしょうね。なんか七色の膜に包まれて空を飛んだって言ってました。バカなこと言ってないで早く寝ろって言って話は終わったんですけど、それと何か関係があるみたいな気がします。一緒に横須賀基地に連れて行かれた中野真樹君もそのＵＦＯに乗っていたと言っていたので」

ビデオのアナウンサーの声。

「そのＵＦＯには四人の人が乗ったという。ひとりはお昼に誘拐された中野真樹君、ひとりは坂野太一君。そして、坂野君のクラスメートのＦ君。あとひとりは八十五歳のＫさんだ。深夜だったが、Ｆ君とＫさんの行方を探してみた。Ｆ君の父親に会うことができた」

画面には暗い路上で早足に歩く古川一博が映し出された。ただし、顔の部分がぼやかされ、声もイコライザーで変えてある。名前が呼ばれる部分は電子音がかぶせられた。

「いま（ピー）は、うちにはいません」

追いかけるディレクター。

「どこにいるんですか？」

「今は言えません」

「泣いていらっしゃるようですが、どうかしましたか？」

「なんでもありません」

一博は上着で顔を隠して走り去っていった。アナウンサーの言葉。

「ここで私たちは驚くべきことに気がついた。このF君の父親を私たちはかつて取材していたのだ」

二〇〇六年当時の古川一博の映像が流れる。全日航のユニフォームを着ている。無理矢理近づいてくるカメラマンを押さえながら「私は嘘などついていません。本当に見ました」と答えている一博が映る。

アナウンサーの声。

「二〇〇六年十一月十七日、現地時間十七時十一分。アラスカ上空を飛んでいた全日航一六三〇便を操縦していたのはF君の父親だった。そのとき、クルーは全員、空飛ぶ円盤を目撃した。しかし、日がたつにつれてクルーの多くは見間違いだったと言葉を翻したが、ただひとり、F君の父親だけが見たと言い続けたために、パイロットとしては不適格とされ、地上勤務にまわされてしまったのだ」

画面は飛谷のアップになった。

「不思議なこともあるもんですね。親子ともどもUFOに遭遇している。それも不思議ですが、その息子さんは現在行方不明です。そしてなぜかその父親が泣いていたように見えましたね。あれはどういうことでしょうか？　謎が謎を呼ぶ事件ですが、しかし、ことはこれだけでは収まらないのです」

再びビデオが流された。画像は素人が撮ったようで揺れている。顔にモザイクをかけられたクサじいが映っていた。

「少年三人と一緒にUFOに乗ったと思われるKさんは、地元茅ヶ崎では有名な人だ。かつては柔道場を経営していたが、奥様が他界され柔道場を閉鎖する。その数年後、今度は瞑想道場を始めたのだ」

どこかの居酒屋の店内が映される。少し顔の赤くなった中年男性がアップになる。

「ああ、(ピー)さんね。ハハッ、変わったじいさんだよね。瞑想するといろいろといいって言ってたよ。うちの嫁がね通っていて、まあ、あそこ通うようになって嫁がさ、少し大人になったっていうのかな。うん、まあいい感じなんで、いいかなってさ、思ってさ」

同じ店内で若い女性が映される。何人かで飲んでいたため、ほかの若者がときどきカメラに向かってピースサインを出したりしている。

「(ピー)さん、いい人だよね。なんかね、ときどき不思議なこと言うんだよ。いのちは波と一緒だとかね、人は響き合わなきゃいけないとかね。調べを聞けとかね。なんかちょっと難しいんだけど、気持ちいいからときどき行っちゃう」

アナウンサーの声。

「このKさんに最初に瞑想を習い始めたのが横須賀基地にいる三人の少年なのだ」

飛谷がアップにされる。

「ここで今日のゲストをご紹介いたします。『まだ見ぬ日』『空蟬』などで有名な作家の小口民雄さんです。今日はありがとうございます。今回のこの事件、謎が謎を呼んでいる、そしてもうすぐ記者会見ですが、どう思われますか？」

「ＵＦＯと瞑想ですよね。そうなると最初に思い出されるのはヘブンズゲートですね。一九九七年のヘール・ボップ彗星接近の際に集団自殺をしました。宇宙船に魂を乗せるために肉体から魂を解き放ったということらしいですが、恐いですよね」

「ああ、思い出しました。みんな同じ金額のお金をポケットに入れていたんですよね」

「はい、五ドル札と二十五セント硬貨ですね」

「今回の事件、何かそういう危ない団体に対してアメリカ軍が介入したんですかね」

「それは考えにくいですね。もしその瞑想道場が世界中にあるなら可能性はゼロではないと思いますが、茅ヶ崎近辺でしか知られていない瞑想教室の主要メンバーをアメリカ軍が拉致しても、あまり意味はないでしょう。それよりもまだ、本物のＵＦＯに接触したためにその情報を得ようと拉致したと考えたほうが現実味ありますね」

「なるほど、そうかもしれません。ところで新たな事実がわかりました。先ほどから話題になっているＫさんですが、実は息子さんが理論物理学博士ということで、研究しているのが、表向きは電磁気学なんだそうですが、反重力についての論文をいくつか発表しているそうです」

小口が言った。

「反重力なんて実際に可能なんですか？」

「さあ、こちらではまだそこまでは把握してないのですが、もしそれが本当だとすると、何かいよいよ不思議というか、におってきますね。普通に考えるとですよ、もしかしたらこの四人、小学生三名とご年配の方ひとりが、本当にＵＦＯに乗ったから捕まえられたという可能性がでてきました。そして、昨晩お伝えしましたブログ、ここに続々と世界中からコメントが寄せられています。しかも、いろんな言葉で書かれているので、まさにネット上の国際会議状態です。これから、どんな発表があるのか注目されるところです。そろそろ記者会見の時間になりました。現場の西川さん！」

「はい、こちら横須賀基地です。昨晩もかなりの報道関係者がいましたが、いまはその数倍に増えてしまいました。場所を確保するのもやっとです。いろいろと調べてみると、アメリカ海軍が関わっているということで、何かとんでもない発表があるのではないかと思うのですが、拉致された、アメリカ軍に言わせると協力してもらっている中野真樹君もここにきっと登場するのではないか。そしてそこで真実が語られるのではないか。その真実が宇宙人との接触だったのではないかと噂されますが、いったいどうなるでしょう。いま、スミス広報官が出て参りました」

　スミス広報官は海軍の制服を着て、緊張した面持ちで演説台の前に立った。

「おはようございます。朝早くからお集まりいただきありがとうございます。今回の記者会見の内容については込み入っているので、横須賀基地のホームページ上に詳しい内容をのちほどアップいたします。メディアのみなさんはぜひそのことを多くの人に伝えてください」

そう言って念を押すように記者たちをゆっくりと見回した。

「今年の二月頃から相模湾でＵＦＯが頻発し始めました。三月頃から自衛隊は内密にその状況を調べ始めました。私たちアメリカ海軍もそれに注目していました。そして、一昨日もＵＦＯが現われました。ＵＦＯがレーダーでキャッチされる度にアメリカ海軍はインターネットでの書き込みを調べました。ＵＦＯが出現する度に数件の目撃情報がアップされるからです。一昨日のＵＦＯについて、そのＵＦＯに乗ったという書き込みがありました。それを書いたのが中野真樹君でした。以前からアメリカ軍ではＵＦＯに関しての研究を行なってきました。その研究成果と、今回の中野君の書き込みは、とても符合する点が多く、信憑性が高いので、協力してもらうために横須賀基地に来てもらいました。中野君のブログには『七月三十一日までに行動しないと緩慢な滅亡が始まる』と書かれています。もしそれが真実だとすると、時間がありません。そこで協力を仰ぐのを急ぐあまり、誤解されるような行動をしたことをお詫びいたします。そして、明日までに行なわなければならないことを実行しなければなりません」

広報官は演説台の水差しを取り、コップに注いで飲んだ。

「これから、国境を越えて、すべての人々にお願いします。以下のことを行なってください。

一、個人や各団体の利益より、人類全体の利益を考え、それを優先させてください。

二、一のことを進めるためにできるだけ多くの人を助けてください。それを行なうにあたり愛をもって行なってください。
三、人類全体の利益に反しないことであれば、どんなことでも愛を持って楽しんでください」
その後、真樹のブログの内容が披露され、各メディアには発表されたことを正しく伝えることが要請された。

「これからUFOに搭乗したという四名の皆さんに来てもらいます。どうぞ」

会見場にクサじい、真樹、太一、マスオが入ってきた。一斉にフラッシュがたかれる。四人は一礼して、演説台の脇に用意してあった椅子に座る。

「草川龍馬さん、中野真樹君、坂野太一君、古野健君です。この四名の皆さんにご協力いただいています。

さて、なぜアメリカ軍が今回のUFOに興味を持ったのか、その説明をビデオにしてありますのでご覧ください」

会見場が暗くなり、ビデオが流された。内容はアメリカの霊的指導者や一般人から今年の夏までに必要な儀式をおこなわないといけないという、異常な数の問い合わせがアメリカ政府などに対しておこなわれていたこと。そして、真樹のブログにも世界中から同様の書き込みがあったことが示され、ラコタの人たちの歌が披露された。大磯上空でとらえられたUFOの音も流された。同じメロディーの登場に人々は驚いた。

会見場が明るくなると広報官は質問を受け付けた。一斉に記者たちの手が上がる。

ＵＦＯに関してのいくつかの質問がなされた。それにひとつひとつ太一たちは答えていった。

「ウィクリー・ニュースのエドワードです。ブログに書かれているＵＦＯを飛ばすための準備はどうなっているのですか？　もし、ＵＦＯが飛ばないと緩慢に滅亡するだろうと書かれていますが」

広報官が答えた。

「それは現在調査中です」

「それができなければ、さっきの三つのお願いは無駄になりますよね」

「それに関しては現在調査中です」

クサじいが手を挙げた。

「それに関して言わせてくれ」

広報官は混乱するのを恐れ、ノーノーと手を振って断った。それを見て会見場の記者たちは立ち上がって一斉に騒ぎ始めた。軍の職員はなんとか収めようと座るように両手で指示するが誰も従わない。クサじいが叫び出す。

「ちょっとうるさいよ。いまから話すから静かにしてくれ」

しかし、誰もそれを聞かない。記者たちは質問と不安と疑いの言葉を口にした。そのとき、ひとりの男が会見場に入ってきた。演説台の前に立つと広報官は身を引いた。威厳のある人物の登場に記者たちも次第に静かになっていった。その男が口を開いた。彼の言葉を広報官が通訳する。

「おはようございます。横須賀基地へようこそ。私は横須賀基地の最高責任者ダグラス・シェパード大佐です。みなさんは今回の話を聞いてたくさんの疑問を抱えたことでしょう。そしてその疑問は、そう簡単に拭えるものではありません。私たちもかなり綿密に調べました。これら一連の出来事を否定することは簡単です。科学的ではないと言えば、たいていの人はそうだと思うでしょう。しかし、今回のことはなぜか、否定してはいけないことだと感じました。これは科学的なことではないのかもしれません。実際にＵＦＯに乗り、三体のライトピラーを直接見るまで信じられないと思います。私も疑う心はありました。しかし、疑っていては何もできません。いまはとにかくここにいる四人がライトピラーと約束したように、人間がＵＦＯを飛ばさなければならないのです。そのために協力し、助け合い、愛し合わなければなりません。

昨晩、ホワイトハウスにいたノートン国防長官と話をしました。彼はアメリカ合衆国国防長官という立場から、今回のＵＦＯに関する出来事に対して協力はするなと言いました。あまりにもこの事件が非常識だからです。私も確かにホワイトハウスでデータだけ見ていたら、そのような判断をするだろうなと思いました。それは別にノートン国防長官を非難しているのではありません。ＵＦＯに乗ったという四人を目の前にしている私でさえ『本当かな？』と思ってしまうのですから。しかしだからこそ、私は自分の感性に従い、この問題を解決しなければならないと思いました。この会見を行なうことで私はのちほど軍事裁判にかけられるでしょう。国防長官の指示に従わなかったのですから。それは甘んじて受けるつもりです。その覚悟を持ってでも、この問題は取り組まなければならないと思いました。私はアメリカ合衆国の国民であると同時に、地球に生まれた人類のひとりです。いまは国を超えて、人類一人ひとりがみんな協力しなければならない時なのです。そのために私がアメリカ合衆国で裁かれたとしても、地球市民としてやるべきことをやるべきであるとの誇りを、私は満たすことができます。

スミス広報官が言ったとおり、いまはまだUFOをどうすれば飛ばせるのかわかりません。しかし、明日まで世界中の人々にそのために協力して欲しいのです。これから明日の夜まで、一日と少しの時間、ぜひできる限りの協力をして欲しいのです。全世界の人々の愛の力を表現して欲しいのです。それがたった一日でもできたなら、それで世界は変わるでしょう」

会場は水を打ったように静まりかえった。クサじいが手を挙げる。シェパード大佐がマイクをスタンドからはずしてクサじいに渡した。

「あの、草川と申します。提案です。世界中の人たちが、このことに興味を持ち、一緒に何かしようと思う人たちが、それぞれの地域でUFOを飛ばしてみてはいかがでしょうか？　地球上にUFOを作る技術がないなら、できる限りでいいから、とにかくトライしてみませんか。ただ、儂の息子が反重力の研究をしているということだが、それもまだ完成はしていません。

完成するように努力することはできるでしょう。わかっている限りのデータをこれからブログに発表していきます。ぜひ、科学の素養のある人たちにそれを見ていただき、もう一日しかありませんけど、何かしら考えたり改良したりして、この技術を完成させてはもらえないでしょうか。そして、その他の人たちも、自分なりのUFOで結構ですから、何かそのようなものを飛ばす意図を持ち、できればそれを実現していただきたい」

　記者たちはみんな黙ってしまった。ニュース・オメガの西川キャスターが質問した。

「それは無駄な努力になりませんか？」

　クサじいは答えた。

「無駄な努力になるかもしれません。ただ、黙って滅亡への段階を見ていたいですか？　それはまっとうな生命のすることではありません。いのちは死ぬ瞬間まで生きようとするものです。絶滅するまで足掻《あが》こうじゃないですか」

　記者会見は暗い雰囲気で終わった。誰もが絶望感を抱えているようだった。何人かは発表されたことがまったくの絵空事だと言った。発表されたことを信じ、どうにかしようと考える人は記者たちの中にはいないように思われた。

　ニュース・オメガでは飛谷の顔がアップになった。表情は固まっていた。しばらくして口を開いた。

「これはどう考えたらいいんでしょうね。SF映画が現実になっているような感じです。世界中の人たちに愛と協調を訴えかけるのはいいですが、ＵＦＯに関してはなんの対策もありません。信じろと言われても、そんな事実があったかどうだかわかりませんし、信じたところで解決できるかどうかわからない」

小口が答えた。

「言葉を失いますね」

記者会見の映像が世界中に配信され、さらに真樹のブログと各国語に訳された文章が置かれたサイトにアクセスが集まった。そして、多くの人が不安を訴えた。もし信じるのならＵＦＯを飛ばさなければならないが、飛ばす技術がない。かと言って、横須賀基地の総責任者が軍事裁判を覚悟してもやらなければならないという、その心意気を信じないわけにもいかない。

各メディアはバラバラな対応を見せた。あるメディアは積極的にこの事件を伝え、多くの人たちの協力を仰ぎ、あるメディアは茶番として伝えた。

14

水に一滴のインクを落とすとあらゆる方向に広がっていくのと同様、ＵＦＯを飛ばすというインクもあらゆる広がり方をした。この話を信じたクリエイティブな人々は、自分たちなりにＵＦＯを飛ばそうとした。

台湾では天灯《てんとう》を飛ばす企画が進んだ。天灯とは空を飛ぶ提灯《ちょうちん》である。紙袋の口の部分を下にして、口の部分に竹籤《たけひご》や針金で枠を作り、そこに油を浸した紙を固定し、それを燃やす。すると紙袋の中に熱せられた軽い空気が入り込み、全体がふわふわと浮いていく。紙が燃えているので夜空にたくさん飛ばすととても幻想的で美しい。その天灯の作り方を各国語にしてホームページにアップした。

あるグループはＵＦＯの形をデザインし、ヘリウムガスを入れて飛ばそうとした。

また別のグループは雲に強力な映写機でＵＦＯを映し出そうとした。

またもっと別のグループは、リモコンヘリコプターを改造してＵＦＯのようにしようとした。南極のグループはダイヤモンドダストに強力な光をあて、ライトピラーを作ろうとしたが、天候に左右されるので果たしてできるのか不安だった。

アイデアを考えた人たちはそれをビデオや画像にしてインターネットにアップしだした。インターネット上にはＵＦＯのアイデアがあふれ、書き込む人と読む人でアクセス数が上がった。何倍という単位どころではない。次第に級数的に増えていった。

インターネットでのやりとりのひとつに草川猿虎の論文があった。

理論的には正しいように思えることが現実に反映されない。それはなぜかという討論になっていた。太一たちに研究室で見せた円盤の設計図や、その作り方などがネット上でオープンにされた。どうしてもクリアできなかったことが、電子の流れを制御することだった。球面上に流れる電子がどうしても互いに共振し合わない。もちろん共振させるための仕組みがあり、そのとおりになるはずにもかかわらず、わずかな電子の揺れで均衡が崩れてしまうのだった。

その研究では強力な磁場が生まれ、電磁放射線が発生するので頑丈な研究室の中で実験がおこなわれ、猿虎はそれを研究室の外から操作していた。

その朝のニュースはもちろんアメリカでも伝えられた。横須賀基地のリーダーが国防長官に逆らって独自の判断をしたことが大騒ぎになっていた。シェパード海軍大佐は反逆罪で独房に入れられたが、横須賀基地の約半数の兵士はシェパード海軍大佐が独房に入れられることを不服とし、職務を放棄した。

世の中には前向きな人たちばかりではない。

横須賀基地からのニュースを悲観的にとらえた人たちのなかには自暴自棄になる人もいた。窃盗を働き、人を殺すような輩も現われた。しかし、一方でそのような人たちに、どのように愛を示すべきか討論する人たちもいた。もちろん一切を信じず、その日の騒ぎを馬鹿にしている人たちもいた。翌日の結果を気にしながら、その日にやるべき仕事をコツコツとこなし続ける人たちも、もちろんたくさんいた。

いわばその一日は、人の心の在り様があぶり出されるような日となった。

15

加川奈緒は朝のニュースをじっと見ていた。自分がニュースに出たことが不思議と遠い国の出来事のように感じられた。親戚の何人かがニュースを見て電話をしてきたが、対応も上の空だった。何かしなければならないと思いながら、するべきことが思い浮かばず、空回りしているような感じがした。自分の存在すべてが無駄な動きをしているような気がした。

学校に行くとニュースの話で持ちきりだった。太一、マスオ、真樹の三人はヒーローになっていた。そして多くの生徒がどうすればＵＦＯを飛ばすことができるのか話し合っていた。誰かが言った。

「太一もマスオも真樹も、ライトピラーと変な約束するからダメなんだよ。人類が滅んだらどうするんだ」

何人かがその話に同調し騒がしくなったとき、そのあいだに割って入った子がいた。

「そんなこと言っても意味ないだろう。もっと前向きなことを言えよ！」

いじめっ子のセイジだった。

「三人はきっと必死だぞ。俺たちができる限りのことをしないで愚痴ばっか言ってたら、まったく意味ないだろう。それじゃ俺たちクズだぞ。もし何もできることがないならお百度詣りでもするんだ！」

セイジに同調した生徒たちはむやみやたらと手を合わせてお祈りを始めた。

奈緒も何度か祈ったが、もっと何かできないかと考えた。いまできることは何かと考えて、ふと思った。

「太一君のそばにいたいな」

そう思った途端、窓際にハトが二羽留まった。

16

太一たちは自衛隊厚木基地に移ることになった。アメリカの国防長官と横須賀基地のキャプテンとのあいだで意見の対立があり、米軍横須賀基地に留まっているのはあとで問題になるかもしれないという判断であった。UFOについて調べるのも帰ったほうが落ち着くのだろうが、メディアが四人を追跡することが予測されるので、自衛隊基地内にいたほうが安全だとも考えた。厚木基地であれば米軍もすぐに接触できるのでいいだろうということになった。吉羽防衛大臣も自衛隊基地にいるほうが適切であると考えた。吉羽防衛大臣が便宜を図るよう指示したので、厚木基地では四人はとてもいい待遇を受けた。

太一たちは昼頃に着くと、空いていた隊員用の宿舎をふたつ貸してもらった。しかも、ブロードバンドを引いてもらい、コンピューターも二台貸してもらった。一台でブログに書き込み、もう一台でコメントに書かれたスパムをはずしていった。しかし、いくら消してもきりがないので一時間くらいやってあきらめた。それよりもっと有益なことをしようということになった。

自衛隊から太一とマスオは携帯電話を貸してもらった。それで太一は雄大に電話した。

「もしもし、父さん、太一だよ」

「おお、元気か。いま何してる?」

「いまは厚木基地に移った。父さんと母さんは元気?」

「ああ、ふたりとも元気だ。ところで、父さん、あのメロディーを音楽にしたぞ」

「あのメロディーって?」

「UFOから聞こえていたっていうメロディーだよ。バンドの仲間に集まってもらってさ。中ちゃんなんか、おおはしゃぎだよ。それを録画したのをもうすぐ動画サイトにアップするから見てくれよ。できればククのブログからリンクしてくれ」

「ああいいよ。わかった」

「これからどうするんだ?」

「どうしたらいいのか僕たちにもわからないんだ。UFOが飛ばせるように何をすればいいんだろう?」

「まあ、わからないなりにできることをがんばろう。それしかないんだから。あとで太一のメールアドレスに動画のURLを送るから、リンクをよろしく」

真樹たちはブログにUFOがどのようなものか詳しく解説した。そこに乗っているのは単なる宇宙人ではないこと。霊的な存在であり、宇宙に現われる現象であり、宇宙を伝わってくる波動の結果であることを書いた。既成概念にとらわれている人には理解できないかもしれなかったが、自分たちの経験したことをなるべくわかりやすく書いた。

17

その日の晩のニュースは世界中の混乱を伝えた。様々な地域でのいざこざもあったが、一番大きく報じられたのは教会やモスク、神社仏閣などの礼拝者の増加だった。メッカでは二〇〇四年、二〇〇六年に続き、圧死者が出るほどの人出となった。キリスト教の教会も、ユダヤの礼拝所も人であふれた。特にユダヤ教、キリスト教、イスラム教での混乱が大きかった。理由は聖書にある。『旧約聖書出エジプト記』にモーセがエジプトからイスラエルの人々を導き出す際に次のような記述がある。

主は彼らに先だって進み、昼は雲の柱をもって導き、夜は火の柱をもって彼らを照らされたので、彼らは昼も夜も行進することができた。昼は雲の柱が、夜は火の柱が、民の先頭を離れることはなかった。

（『旧約聖書』新共同訳より）

信心深い人たちは太一たちが見たライトピラーを、長い間信じてきた本物の神だと考えた。神の秘蹟がおこなわれ、その神が「人類の利益を考え、愛を持って人を助けなさい」と言われたのである。多くの人々がそれに従おうとした。その結果、イスラエルとパレスチナは数時間のうちに和平合意をした。それに続くかのように他の紛争地域も次々と停戦協議や和平会談をおこない、停戦や和平合意を実現した。いままでの紛争は何だったのかと叫びたくなるほど簡単に、短時間に合意がなされていった。

世界の国々は次々と声明を発表し、七月三十一日にＵＦＯを飛ばすことへの協力は惜しまないことを表明した。

一方で、いったいＵＦＯをどこから飛ばすのか、ククのブログに問い合わせが殺到していた。しかし、「未定です」としか返答できず、その対応をあらゆるレベルで考えていた。本当にＵＦＯを飛ばすことができるのなら、それを一目見たいとやってきた人たちによって、日本行きの旅客機が満席になり、ホテルも次々と満室になった。

18

世界中の科学者たちとのやりとりで、猿虎の研究に致命的な欠陥が見つかった。発電機と操作者が円盤のそばに立ち、作り出される反重力場の内側にいないと反重力場が生まれないのだ。しかし、まだ反重力場についての研究が不十分なので、もし中に入ったら、その人がどうなるのかがよくわからないでいた。ただ浮いて元に戻れるならいいのだが、もしかすると別の次元か、宇宙の果てに飛ばされるかもしれない。猿虎は実験を実行するのをためらっていた。

防衛省からＵＦＯが飛ばせるかどうか問い合わせがあった。猿虎は場所を烏帽子岩、時刻を七月三十一日午後七時と決めた。烏帽子岩にしたのは反重力場は水辺が作りやすいはずだからだ。実験はせずにいきなり本番に臨むことにした。人類を緩慢な滅亡から救うのなら自分の命は捨ててもいいと腹をくくった。まさか自分が自らの命をかけるような状況に遭遇するとは思っていなかった。父親に柔道を習っていたときに読まされた『葉隠』を思い出した。もし飛行が失敗すれば人類は滅亡するかもしれない。できる限りの準備をすることにした。

夕方にクサじいから電話がかかってきた。会って話がしたいという。猿虎も最期の挨拶をしなければならないと思い、会うことにした。

夜遅く、クサじいは猿虎の研究室に来た。挨拶もそこそこにクサじいは話し出した。

「猿虎、お前は何度も反重力の実験をしていたじゃろう」

「もちろん。それが？」

「ライトピラーが言っていたのを思い出したんだ。このあたりで何度か空間が歪んだとね。ただし、この次元では発現しなかった」

「発現しなかった？」

「そうだ。彼らの伝えてくることは言語になっていないので正確かどうかはわからんが、ある時空間が生まれているが、その時空間が儂たちのいるこの時空間で発現できなかったと言うんだ。その理由は、この時空間に発現するよう意図を持つ者がいなかったからだと言っていた。反重力場の外からエネルギーと操作のための信号を与えているから失敗するんだそうだ。まさかそれをお前がやっているとは思わなかったよ」

「ああ、ついさっき反重力場の内側に操作する人がいないとうまくいかないことがわかった」

「そうか。しかし、その内側に入るということは、この時空間にはもう戻ってこないことらしいな」

「そうなるかもしれない」

「別の時空間に行くのは儂の仕事じゃ」

「えっ？」

「ライトピラーは犠牲が必要だと言っていた。別の次元に移行する人がな。そのためには精神的な鍛錬を積んでいなければならない。お前は瞑想を毛嫌いしてたからな。お前を行かせる訳にはいかないんだ。ただ単に別の次元に行くのではない。精神的な鍛練を積んだ上で次の存在へと変態しなければならない。だから儂が行く。その操作の仕方を教えてくれ」

「親父」

「いいんじゃ。それが儂の役目なんじゃ。お前の母さんの声がなぜ聞こえるようになったのか。なぜ瞑想するようになったのか。なぜ霊的存在に会うようになったのか。その答えが明日出るんじゃ。儂はライトピラーのような霊的存在になるべく運命づけられていたんじゃ。きっとあの世でタキや戦友に再び会えるのじゃろう。儂はそれを楽しみにしている」

「命を無駄にしちゃダメだよ」

「もし儂が行かなかったらお前が行くつもりじゃったろう。お前はまだ寿命がたくさんある。儂はもう惜しむほどの残された時間もない。これが儂の花道じゃ。世界中の人たちに見送られて別の時空間に逝《い》くのじゃ、これ以上の舞台はあるまい」

「親父」

「お前には長い間、いい父親じゃなかったかもしらん。許してくれ」

「そんな。そう簡単に逝かせる訳にはいかないよ」

「何を言う。儂にしかできない仕事を奪わんでくれ」

しばらく黙った猿虎が言った。

「親父、そう言えば、口が臭くないね」

クサじいのまわりには、沈香《じんこう》とたくさんの花のような香りが漂っていた。

深夜、ククのブログに七月三十一日のことがアップされた。

午後七時に烏帽子岩からＵＦＯを飛ばす。そのため、烏帽子岩近くには近寄らないようにと。

その後、防衛省のホームページにもアップされ、各メディアにも伝えられた。

19

翌朝、クサじいや太一たち四人は自分の家に帰ることにした。ニュースで午後七時にＵＦＯを飛ばすことになったことはみんなが知っていた。町は意外なほど静かだった。もし失敗したら緩慢な滅亡が始まる。それを食い止めるために夜のＵＦＯの発射を成功させなければならないと同時に、自分たちがどのようにそれに協力し、愛を表現できるのか、多くの人が考えていた。

太一たちが自衛隊の車で走っていても、騒ぐ人はいなかった。気がついた人は手を振ったり、ガッツポーズをしたりして、応援をしていることを伝えてくれた。

太一は真樹から電話番号を聞いて、車の中から奈緒に電話した。

「もしもし、坂野です」

「あ、太一君」

「いま話できる」

「うん、いいよ」

「元気？」

「うん……。太一君たちすごいね。まさかこんなことになるとは思っていなかった」

「ああ、そうだね」

「イスラエルとパレスチナも和平条約を結んだよ。信じられない。ありがとう」

「僕も驚いた。ライトピラーの考えたことかもしれない」

「それもあるだろうけど、すごいよ、太一君も真樹君もマスオ君も……」

「今晩、午後七時にシュモクザメの左目に来てくれるかな」

「烏帽子岩からＵＦＯを飛ばすのよね」

「そう、すごい人出になると思う。一緒にＵＦＯが飛ぶのを見よう」

「本当にＵＦＯは飛ぶの？」

「まだわからない。五分五分かな」

「もし飛ばなかったら？」

「そのときはそのときだ。だから、絶対飛ぶように応援しよう」

「がんばれーって？」

「がんばれっていうよりは、祈るって感じかなぁ」

「どちらにしても行く。太一君と一緒に見守る」

「ああ、じゃあ、待っているよ」

「私、太一君のそばにいたいって思っていたの」

太一は一瞬言葉を失ったが「ありがとう」と告げることができた。

20

太一は家に着くとインターホンのボタンを押した。誰も出て来ないので鍵を出して開ける。家の中はしんとしていた。書き置きも何もないので雄大の携帯電話に電話した。すると騒音の中で恵子が電話に出た。

「もしもし、太一だけど」

「もしもしー、すみません、よく聞こえません。いまリハの最中なので、大きな声で話してください」

「もしもし、太一だよ」

「あー、太一。まだ厚木にいるの？」

「いま、うちに帰ってきた」

「えっ？　うちにいるの？　平気？　いまね、パパがリハの最中なの」

「なんのリハ？」

「今晩、Tバーから演奏するのよ。UFOのメロディーを演奏して、UFOの応援をするの。太一もトランペット持ってリハのスタジオにいらっしゃい」

「わかった。少ししたら行く」

電話を切ってトランペットを用意する。この日のためにトランペットを買ってもらったような気がする。いろんな不思議な巡り合わせ。太一は無性に何かに感動していた。

仏間に行き、仏壇の扉を開けてロウソクにマッチで火を点ける。薄暗い中に祖父母の写真が浮かび上がった。線香を取り出し、ロウソクで火を点ける。線香を振って炎を消すと、ゆらゆらと煙がたちのぼる。線香立ての灰に線香を立て、リンをリン棒で叩く。

広がる清らかな音。

太一は手を合わせて頭を垂れた。

パタン。

仏壇の下の棚で物音がした。何だろうと開けてみると。立ててあった古いアルバムが倒れていた。太一はそのアルバムを開けてみた。見たことのない写真が貼られていた。おじいちゃんの若い頃の写真だ。一ページずつ繰っていくと、あるページで手が止まった。たくさんの人が烏帽子岩に乗っている。真ん中におじいちゃんが写っていた。よく見ようとしたら、その写真がアルバムからはがれて、ヒラリと畳の上に落ちた。裏に何か文字が書かれている。

「春子へのプロポーズ。みんなで叫んだ。いい友のおかげで結婚できた」と書かれていた。

21

リハーサルスタジオの中は人でいっぱいだった。

「みんな一緒にやりたいっていうからさ、こんなにぎゅうぎゅうだよ」

雄大は楽しそうに笑っていた。普段は三、四人しかいないスタジオのなかに十六人ものプレーヤーがいた。太一がトランペットのケースから写真を出して雄大に見せた。

「あ、これ知ってるよ。よく烏帽子岩にこれだけの人数が集まれたよな」

太一が写真を裏返すと雄大は驚いた。

「そうか、これが母さんへのプロポーズのときの写真だったんだ。なんでこれがわかったんだ?」

「仏壇に手を合わせたらアルバムが倒れて、見たらこの写真が落ちてきた」

「すごいな。おじいちゃんがきっとこのことを知らせてくれたんだな。みんなでやれば不可能はないって」

「うん」

「今日のUFO発射も成功させないとな」

ふたりでうなずいた。

「あの曲のタイトルは『ユニバース』にしたよ。『ユニバース』は『宇宙』という意味だけど、『ユニ』が『ひとつ』という意味で、『バース』が『詩《うた》』という意味だから、『宇宙はひとつの詩』って意味にもなるんだ」

曲はUFOからのメロディーがうまくアレンジされていた。太一は何度も練習して本番に備えた。トランペットで奏でるメロディーがとても懐かしく感じられた。


真樹は帰ると父親の隆史に抱きつかれた。「よくがんばった」とほめられた。真樹がククのブログをサーフショップ・アヌエヌエのドメインの下に置いたために、アヌエヌエのホームページへのアクセスもあり得ないほどの数になった。

「もし無事にUFOが飛べば、うちのサーフショップは大繁盛だぞ」

隆史の声は喜びでうわずっていた。

マスオが家に帰ると両親が玄関に駆け出してきた。一博はマスオの顔をまじまじと見て言った。

「お前は俺の誇りだ。いつか一緒に飛ぼうな」

一博は息子をひさしぶりに強く抱きしめた。


クサじいが瞑想場に行くと、そこには溢れんばかりの人がいた。瞑想を習いに来ていた人たち、そしてはじめて会う人たちが、次々と握手を求めてくる。

「ありがとうございます」

「こんなに感動したのははじめてです」

「がんばってください」

「あなたは聖者だ」

「本物の聖人にはじめて会いました」

一人ひとりと握手しながらやっと瞑想場に入ると、そこにはかつて柔道を教えた人たちが集まっていた。口々に「先生」と言って集まってくる。

かつての師範代が両手で握手を求めてきた。

「先生、僕たちにできることは何でもします。お申し付けください」

22

午後五時、太一と雄大、そして急ごしらえのバンドのメンバーは、発電機とアンプ、スピーカーを背負ってシュモクザメ目指して歩き始めた。予想はしていたがすごい人出だ。一三四号に出るずっと手前で先に進めなくなってしまった。道が人で埋め尽くされている。「どいてください」「道を開けてください」と言っても、みんながみんな前に行きたがったのでどうしようもなかった。そこで雄大が叫んだ。

「すみません。坂野太一が通ります。道を開けてください！」

すると人々は振り返り、太一の顔を見て拍手が沸き起こった。太一の前の道は紅海を渡るモーセのように人垣が割れていった。「太一君、がんばったね」「太一、よくやった」「がんばれ」などと声をかけられながら、太一たち一行はシュモクザメに向かって歩いていった。

一三四号線も人で埋め尽くされていた。警官と自衛隊員が交通整理と警備のために出ていたが、あまりにも多い人混みのためになす術がなかった。

村越八州男は子分を十名ほど連れ、浜辺に向かって歩いていた。子分の怒声が人波をかき分けた。

太一たちは普段は二〇分で着く距離を一時間以上かけて歩いた。やっと着いたシュモクザメの上にも人はあふれんばかりに乗っていたが、太一たちが上がり、演奏の準備を始めると、邪魔にならないように自然と場所が空けられた。マスオと真樹、そしてその両親たちもシュモクザメの上にいた。双眼鏡で烏帽子岩を見ると、自衛隊の船が烏帽子岩に荷物を降ろしている。何人かの自衛官と一緒にクサじいと猿虎がいるのが見えた。猿虎は反重力装置のセッティングをしていた。加藤もセッティングを手伝った。発電機を回して通電を確認する。

「親父、帰ってきてくれよ」

「もし帰れたらな」

　ふたりは抱き合った。

「親父の息子でよかったよ」

「儂もお前の父親でよかったさ。息子の発明したＵＦＯで空を飛び、それを世界中の人たちに見てもらえるなんて、なんて幸せ者じゃ」

「必ず帰ってきてよ」

「うん、でも、帰られなかったとしても、タキや戦友のもとで楽しく暮らしているから心配するな」

　加藤はその脇でクサじいに頭を下げた。クサじいは加藤に手を差し伸べ握手する。

「ご無事にお帰りください」

「もし儂が帰らなくとも、いい人生を送るのじゃぞ」

加藤は握手をしたまま肩を震わせ頭を下げた。

奈緒がシュモクザメの上にいる太一のそばに来た。

「UFOの証拠、見つけられたね」

「ああ、加川が俺の声をシュモクザメの上で聞いてくれたからな」

「加川じゃなくて、奈緒って呼んで」

「えっ？」

「実は、烏帽子岩からのもうひとつの叫び声も聞こえていたんだ」

「うそ」

「ずっとそばにいても、いいかな？」

ふたりは顔を赤くしながら手をつないだ。

双眼鏡を覗いていた真樹が叫んだ。

「あれ？　クサじいだけが烏帽子岩に残ったぞ」

太一も双眼鏡を覗いた。自衛隊の船は烏帽子岩を離れていた。烏帽子岩の上には机の上に円盤と、足下に発電機と、クサじいがひとりぽつりといた。

「クサじいがUFOに乗るんだ。猿虎が作ったUFOに」

そのとき、三人は思い出した。誰かひとりが光の存在になるのだと。

「クサじい……」

それぞれがクサじいのことをささやくと、耳の中にクサじいの声が響いた。

「光になってくるぞ。お前たちにはきっとまたどこかで会える。いつも波はそこに生まれるものじゃ。儂もまたどこかで形を変えて生まれてくるじゃろう。一緒に過ごせて楽しかったぞ」

三人は泣いていた。

「泣くな。こんな素敵な花道はそうないぞ。世界中の人たちが見つめていてくれる。儂が光になることでこの人類が救われるなら、儂の命など安い物じゃ。頼むから儂の死を無駄にしないでくれ。特攻隊の仲間たちが言われたように、無駄死にだなんて言われないようにしてくれ。儂を育ててくれたたくさんの人たちのために死ねるなら、それは儂にとって幸せなことじゃ。何の役にも立たずに死んでいくよりずっとましじゃ。だから泣くな。女房や仲間のところに行ってくる。それは儂にとってうれしいことじゃ。この烏帽子岩から叫んででも願いを叶える価値のあることじゃ。タキに会える。仲間に会える。猿虎の悲願を叶えられる。そして、世界中の人たちを救うことができる。

いつもいまここ。いま会えているということは、未来永劫会えるということじゃ。この状況は宇宙のひとかけら。このひとかけらにすべてがある。お前たちと一緒に過ごすことができて儂は幸せじゃった」

西の空が夕焼けに染まっていた。影になった富士山の姿がくっきりと浮かぶ。

雄大がカウントを出し、演奏が始まった。メロディーに入ると、まわりの人たちも一緒に口ずさんだ。太一もシルバーのトランペットでメロディーを吹いた。

午後七時直前、世界中の人たちは烏帽子岩に注目した。雄大たちは演奏を一時やめ、クサじいに注意を払う。茅ヶ崎の浜辺から、たくさんのカメラがその様子を発信していた。携帯電話やデジタルカメラで撮影する人たちのモニターが光る。遠くから見るとまるで茅ヶ崎の浜辺が光の波におおわれたようだった。

誰かがカウントダウンを始めた。

「十、九、八、七、六」

はじめは数名の小さな声だったが、次第に人数が増えて大きな声になっていく。

クサじいは猿虎に教えてもらったとおりに円盤のスイッチを入れた。

「五、四、三、二、一」

しかし、何も起こらない。装置はピクリとも動かない。

浜辺の人たちは落胆の声を漏らした。

いくつかの天灯が夕暮れの空に舞い上がっていった。時間どおりに飛ばしてしまった人たちは無念の声を上げた。

クサじいはあわててもう一度最初からやり直してみる。それでも動かなかった。世界中が動揺した。もし作動しなかったら、緩慢な滅亡が始まる。

クサじいが何度スイッチを操作しても動かない。その様子を見て人々は「がんばれ」と思った。クサじいの心に様々な祈りが響いてきた。

インドでの礼拝、バリ島での祭、嘆きの壁での静かな祈り、モスクでの拝跪《はいき》、星空に向かってのハワイのフラ、教会の賛美歌、南米の踊り、お寺での護摩焚き……たくさんの祈りがさらさらと心の中に染みてくる。

村越八州男は子分たちを連れ、シュモクザメ脇の浜に陣取っていた。子分たちに応援団のように声援を送らせていたが、いっこうに効き目がないので村越自身が立ち上がった。空中の気を集めるかのように両手を空に向かって伸ばし、震わせながら叫んだ。

「神がいるならここに降り立ち、草川龍馬に力を与え給え！」

雄大たちは再び演奏を始めた。メロディーを観衆たちが叫ぶ。ありとあらゆる国や地方で、様々なＵＦＯの代替物が空へと舞い上がった。祈った、歌った、踊った。それでも猿虎のＵＦＯは飛び上がらない。

太一がバンドの伴奏に乗りアドリブを始めた。ＵＦＯのメロディーに絡まる聞いたことのないメロディー。それを太一は何かに導かれるように吹き上げた。吹きながら太一は確信した。この一瞬の喜びが自分の伝えるべき何かなのだと。同時に、太一はＵＦＯに乗ったときに感じた、秘められていた感覚の解放を再び体験した。世界中の見えるはずのないものが見え、聞こえるはずのない音を聞いた。たくさんの人、いろんな動物と同調し、その感覚が伝わってくるのだ。

すると、愛の波動が地球を覆い始めた。それは魂が呼び合う波動だ。月の光がサンゴを産卵させ、遠く離れた渡り鳥が仲間を呼び、夜のオオカミが遠吠えで慰め合う、魂と魂の交感。点と点が結ばれて線となり、いつしか線と線が結ばれて面となり、面が広がることで文明とは隔絶された人たちをも歌い踊らせ、地下に眠る動物たちを鼓動に巻き込み、海を渡る魚を乱舞させた。鳥は群れをなして空を駆け囀《さえず》った。

宇宙から見た地球は、鼓動する心臓となった。

それぞれの放つメロディーやリズム、魂の交感は、異なった姿形、音、光、香りだったが、それらが複雑に絡まりあい、奇跡的な美しさを生み出した。

美しさが沸騰し頂点に達したとき、申し合わせたように一瞬、静かになった。

意図的で平安な、愛で満たされた静寂。

そのときクサじいは、世界中の祈りや美しさを感じながらありったけの力で気合いを入れた。

「このボロかすっ、飛ばんかい！」

そう叫んで円盤を叩くと、円盤は下半分を青く光らせた。

ヴォン！

低い響きとともに直径三十メートルほどの球体の膜が、クサじいと円盤を包むように現われた。

出現した球体の膜は水面のように色のゆらぎを見せている。青く光る球体がゆっくりと海から浮き上がる。茅ヶ崎の浜がどよめいた。世界中の人たちが叫んだ。たとえ映像や中継がつながってなくても、魂の交感を感じていた人や動物は鳥肌を立てて世界の変化を味わった。

青く光る球体はその内側に烏帽子岩の一部を削り取り、海の水を包み込み、中心に青く光る円盤を抱えてクサじいごとゆらゆらと上がり始めた。

地球全体がそれまで体験したことのない満足や幸福感に包まれた。

茅ヶ崎では何万という数の天灯が空へと放たれた。愛の波動を感じていた人は、どこにいようとこの瞬間にＵＦＯの代替物を空へ飛ばした。

再び申し合わせたかのように各地の歌や踊りが始まると、球体表面の光は地球のリズムに呼応するように輝いた。

江ノ島方向の空が七色に輝く。瞬間移動のような勢いで、光の玉がやって来た。太一たちが前に乗ったＵＦＯだ。烏帽子岩の上に止まると光量を落とし、七色に輝く球となった。虹色にゆらぐ膜の内側に三柱の光が見えた。

浜辺の人たち、映像を見ている人たちは、見たことのないＵＦＯの出現に言葉を失った。

烏帽子岩からゆっくりと上がる青い球は、やがて七色の球に並んだ。ふたつの球は雄大たちの演奏に複雑なフレーズを加えた。次第に対の球が発する音は熱を帯び、観衆の歌声も盛り上がる。

並んだ球は世界中の愛の波動を吸収し、絡まるようにまわりながら回転速度を上げ、ふたつの区別がつかないほどのスピードになると、演奏と解け合う心地良い音を発して、一気に天空へと飛んでいった。

拍手が沸き起こった。歓声が上がった。世界中の動物が鳴き叫び喜んでいた。

太一はふたつの球が消えていった夜空を見上げて言った。

「クサじい、ありがとう」

太一はマスオと目が合ったので、いつもの複雑な握手をした。

《解説》

こんな作品が生まれる時代を、僕らはずっと待っていた

小泉　義仁（テディ）

子供ごころを大切にするというのは、最近では当たり前になってきたような気がする。だけど今から三十年ほど前、映画「ＥＴ」が公開された頃は、まださほど常識ではなかった。スピルバーグは「ＥＴ」で子供ごころをテーマとして大ヒットを生み出す。誰でも子供ごころを胸にしまって生きている。それと仲良く付き合う大人は魅力的であり、仲良くできない人はストレスを抱えたり、やる気がなくなったりして問題を起こす。

最近、子供ごころをうまく表現したのはＡＣミランに入団した本田圭佑だ。

「いろんなチームからオファーがあったと思うが、なぜＡＣミランを選んだのか？」という質問に、「心の中のリトル本田に尋ねたら、ＡＣミランでプレーしろと言われたのでそうしました」と答えた。サッカーファンはもちろん、多くの人がこの返答にしびれた。本

田のように素直に自分のなかにいる子供ごころと付き合えるのは格好いい。

僕はスピルバーグの作品や生き方にならって、子供ごころを失わないようにして大人になってみた。インターネットが生み出されたとき、その波に乗って「テディのスピリチュアルリンク」や「スピコン（スピリチュアル・コンベンション）」を開始した。誰もやったことのないことだったが、面白そうだと思ったからやった。そうすると、人生は遊びであり、冒険してみる価値のあるものだとよくわかった。どちらもやる前は周りから否定的なことを言われたが、実際にやってみると仲間が集まり、結果的にはたくさんの人と一緒に楽しい時を過ごすことができた。

子供は素直に生きる。いたいところにいて、したいことをする。したいことをしているから生き生きする。僕もそのようにしてみた。

大人しくなりなさいとよく言うが、大人しくして何になるのだろうか？

我慢の中で生きていくのもいいのかもしれないが、我慢には限界があって多くの人がそれによって病んでいる。人は自分がしたいことをするように出来ているからだと思う。そうしてしたいことをしているとき、周りにミラクルが起きてくる。

今回出版されたこの作品、『太一～ＵＦＯに乗った少年』も子供ごころにあふれたミラクルな作品だ。

世の中が変化してくるときには、未来に必要なものを暗示させる作品というのが出てきて、一世を風靡することがある。それは「ET」だったり、宮崎駿の作品だったり、ビートルズの音楽だったりする。そういう作品が啓示のように作家に降りてくる。そのような作品は未来予知を含んでいる。

たとえばビートルズの「レット・イット・ビー」。これが大ヒットしたとき、その意味をきちんとつかんでいた人はそれほど多くなかった。「レット・イット・ビー」が「このままでいいんだ」とか「ありのままでいろ」とか、そんな意味だと言われても多くの人にはまったくピンと来なかった。にもかかわらず、なぜかヒットする。ところが今それを聞くと心にズンと響く。ヒットした時代ではなぜそれがいいのかよく理解できなかったものが、時を経て、どうして感動するのかがわかるようになるのだ。

同じように、十年前にはあまり理解されていなかったスピリチュアルが、いまでは市民権を得て人々の考え方や暮らしのスタイルに入り込み、医療やビジネスの分野にも浸透してきている。そういう現象が起きるのはなぜなのか?「感度のいい人にはわかる」からだ。

この作品『太一～UFOに乗った少年』も、読んですぐに理解できない部分があるかもしれないが、五年、あるいは十年したら、「あの話はここに書かれていたね」と言われるような未来予知小説になっていると思う。そして感度のいい人は、言葉でうまく説明できなくても感動してしまう。

僕がこの作品を読んだときは、第一章を読み終えるあたりからワクワクして中断できなくなり、最後は読み終えるのがもったいなかった。僕のなかのリトル小泉が「もっと読んでいたい」と叫んでいた。読みながら僕はＮＨＫの少年ドラマシリーズを思い出していた。あの作品たちのワクワク感が沸いてきた。

スピリチュアルなことが常識となり、ＵＦＯや宇宙人の情報が各国の大臣からもたらされるようになってきている現代、かつて黒船が日本を開国させたように、ＵＦＯが人類を覚醒させる時代が来るのではないか？　それを予感させるこんな作品が生まれる時代を、僕らはずっと待っていたのだ。（スピリチュアルＴＶ主宰）

風雲舎の本

風雲舎の本

宇宙方程式の研究

――小林正観の不思議な世界――

小林正観VS.山平松生（インタビュー）

静かなベストセラー！　新しい時代の語り部・小林正観の不思議な世界。この考えに触れると、人生観が、生き方が変わります。正観さんの原点。

（B6判並製　本体1429円＋税）

釈迦の教えは「感謝」だった

――悩み・苦しみをゼロにする方法――

小林正観［著］

「般若心経」はとても簡単なことを言っています。悩み・苦しみの根元は「思いどおりにならないこと」。「思いどおりにしようとしないで、ただ受け容れよ」、その最高形が、「ありがとう」と感謝することです。

（四六判並製　本体1429円＋税）

遺稿　淡々と生きる

――人生のシナリオは決まっているから――

小林正観［著］

「ああ、自分はまだまだだった……」天皇が元日に祈る言葉と、正岡子規が病床で発した言葉は、死と向き合う著者に衝撃を与えた。そこから到達した「友人知人の病苦を肩代わりする」という新境地。澄み切ったラストメッセージ。

（四六判並製　本体1429円＋税）

ぼくが正観さんから教わったこと

――愛弟子が見たその素顔と教え――

「正観塾」師範代　高島亮［著］

大事なのは、実践です。「五戒」「う・た・し」、そして「感謝」。それを日常生活の中で実践すること――正観さんが教えてくれた最大のものは、それでした。

（四六判並製　本体1429円＋税）

トリガーポイントブロックで腰痛は治る！

――どうしたら、この痛みが消えるのか？――

加茂整形外科医院院長　加茂淳［著］

「トリガーポイントブロック」とは、トリガーポイント（圧痛点）をブロック（遮断）することで、硬くなった筋肉をゆるめ、血行を改善し、痛みの信号が脳に達するのをブロックすることです。自然治癒が働くきっかけをつくっているのです。

（四六判並製　本体1500円＋税）

宝生　明（ほうしょう・あきら）

東京都生まれ。早稲田大学理工学部資源工学科卒。
大手広告会社を退職後、ライターとして雑誌などに執筆。
別ペンネームで数冊の著書がある。

太《た》一《いち》～UFOに乗《の》った少年《しょうねん》

初刷　2014年2月18日

著者　宝《ほう》生《しょう》　明《あきら》

発行人　山平松生

発行所　株式会社　風雲舎

〒162―0805　東京都新宿区矢来町122　矢来第二ビル
電話　〇三―三二六九―一五一五（代）
FAX　〇三―三二六九―一六〇六
振替　〇〇一六〇―一―七二七七六
URL　http://www.fuun-sha.co.jp/
E-mail　mail@fuun-sha.co.jp

印刷　真生印刷株式会社
製本　株式会社　難波製本

ISBN978-4-938939-75-5